AF244679

LES CHARMES DE FELICIE,

TIRE'S DE LA DIANE DE MONTEMAIOR.

PASTORALE.

A PARIS,

Chez GVILLAVME DE LVINE, au Palais, en la Salle des Merciers, sous la montée de la Cour des Aydes.

M. DC. LIV.

Auec Priuilege du Roy.

A MADEMOISELLE

DE

MONTMORENCY

DE LORESSE.

*ADEMOISELLE,*

Ie vous offre vn Ouurage que j'ay produit dans vos bois : Vous y verrez des Bergers, & des Bergeres, qui se soûmettent à vostre Empire : Ils vous re-connoissent tous pour leur Sou-ueraine, & pour leur Nymphe :

Ils n'en ont jamais eu vne de si Illustre Maison que vous, & quand il vous plaira Felicie ne sera que vostre Bergere: Elle vous rend les marques de sa Souueraineté, qui sont ses fleches, & son carquois, & je croy qu'en ce poinct elle est d'intelligence auec l'Amour, qui vous rend les mesmes armes; Mais en voyant l'Ouurage, je vous prie de vous souuenir que j'ay emprunté de vous tout l'esclat, & toute la lumiere qui y paroissent, que j'a puisé chez vous tout le feu qui a esté la source de mes Vers; & que la fecondité de ma veine n'est pas

tant l'effet de mon Art que l'Ouurage de voſtre preſence qui m'a
animé : Ie vous ay mille fois
rencontrée dans ces meſmes bois,
où l'écho reſpondoit aux parolles qui formoient vos Prieres :
Je ne ſçay ce que vous direz de
moy , d'en auoir fait vn écho
profane , & qui ne reſponde
qu'à des chançons : Mais ie croy
que depuis ce temps vous l'aurez
purifié , & qu'en vain deſormais
je le ſolliciteray de redire mes
Vers , & de repeter mes parolles : Je verray au premier jour
ce qui en eſt : Cependant je vous
conjure de me mettre au nombre
de mes Bergers , & de ſouffrir

que je vous rende comme eux
mes respects, & mes hommages,
puisque je suis plus que personne
du monde,

MADEMOISELLE,

Vostre tres-humble, & tres-
obeïssant serviteur,
DE MONTAVBAN.

ACTEVRS.

THERSANDRE.
THIMANTE.
CLIDAMANT.
PHILINTE.
FABRICE.
DIANE.
PARTHENIE.
ISMENE.
FELICIE.
LA DEESSE.

La Scene est dans l'Isle d'Erithrée en Portugal.

LES

LES CHARMES
DE FELICIE
TIRE'S
DE LA DIANE
DE MONTEMAIOR.
PASTORALE.

ACTE I.
SCENE I.

FABRICE. PHILINTE.

FABRICE.

 I vous voulez mander quelque chose
à Seuille,
Demain pour la reuoir ie partiray de
l'Isle.

PHILINTE.

Pouuez vous bien partir & quitter nostre bord,
Sans auoir veu la Nymphe, & sans son passe-port.

A

FABRICE.

Non. ie dois aujourd'huy luy porter ma caſſette,
Et ſi toſt que la Nymphe aura fait ſon emplette,
N'ayant plus rien à vendre aux Bergers de ſa Cour,
Elle m'accordera, le congé du retour.

PHILINTE.

Auez vous bien vendu ?

FABRICE.

       Que ſeruiroit de feindre.
Le cõmerce va bien, i'aurois tort de m'en plaindre,
I'ay vendu des portraits, des diamans de prix,
Quantité de corail, de perles, d'ambre gris,
La Feſte de Diane eſt touſiours ſolemnelle,
Et comme tous les ans les ieux qu'on renouuelle,
Appellent en ces bois les Bergers a'alentour,
Pour diſputer les prix qu'on propoſe en ce iour :
Ie n'y viens point ſans voir pour la gloire de l'Iſle,
Quelques nouueaux Bergers en cét illuſtre aſile.

PHILINTE.

Ne vous eſtonnez pas de cét éuenement,
La retraite qu'ils font marque leur iugement,
Icy l'ambition, n'a rien qu'elle deſire,
Si l'on ſoûpire icy, c'eſt d'amour qa'on ſoûpire,
Bien que de Portugal, cette Iſle faſſe part,
Nous auons & nos Loix. & noſtre Empire à part,
Celle qui nous regit, n'a point le nom de Reyne :
Nous ſommes compagnons de noſtre Souueraine,
Et ſa vertu nous fait gouſter tant de repos,
Qu'elle a mis la houlette és mains de cent Heros,
Qui laſſez de lauriers, & du bruit de la guerre,
Des quatre coins du monde arriuent dans ſa terre,
Le crime ſeulement doit craindre ſon couroux,
Elle exerce vn pouuoir de tout autre jaloux,
Et comme elle deſcend du ſang de Zoroaſtre,
Elle ſçait la vertu des herbes, de chaque aſtre,

Mesme de la magie elle entend les secrets,
Et les fait quelquesfois seruir ses interests.
Il n'est Prince par tout, ny Roy qui ne la craigne,
Et qui pour son repos ne souffre qu'elle regne.

FABRICE.

Ie sçay que cét asile, & ce charmant séjour
Du Roy de Portugal a deserté la Cour ;
Qu'au bruit de ses douceurs, l'incomparable Ismene
Quitta pour les gouster, la faueur de sa Reyne,
Et que cette beauté par vn prompt changement
Ne fait pas de ces lieux vn petit ornement.

PHILINTE.

La voicy qui paroist, Diane est auec elle,
Il faut que sans tesmoins ie parle à cette belle,
Quelque interest d'amour m'oblige incessamment.

FABRICE.

Allez, ie vais songer à mon embarquement.

SCENE II.

DIANE. PHILINTE. ISMENE.

DIANE, *sans auoir veu Philinte.*

Ovy je hay ce grand bruit, & ma libre pensée
D'vn spectacle si long n'est plus embarassée.

PHILINTE, *à Diane.*

Sortir si tost des jeux, quel est vostre soucy ?

DIANE.

Ie fuis des importuns, & i'en retrouue icy.

PHILINTE.

Quoy, donnez vous ces noms à qui vous rend hommage ?

DIANE.

Ce qui ne me plaift point, m'importune & m'outrage.

PHILINTE.

Ne quitterez vous point ces rigueurs quelque iour

DIANE.

Oüy, quand vous n'aurez plus ny d'efpoir, ny d'amour.

PHILINTE.

Faites vous cét accueil à quiconque vous ayme ?

DIANE.

Quand il eft comme vous ie le traitte de mefme.

PHILINTE.

Du Berger Clidamant le fort eft bien plus doux.

DIANE.

C'eft donc affeurement qu'il n'eft pas comme vou

PHILINTE.

Il vous entretenoit aux jeux tout bas.

DIANE.

Ie le confeffe,
Nous nous entretenions de voftre peu d'adreffe.

PHILINTE.

Voftre difcours, fans doute eftoit plus ferieux.

DIANE.

Le voftre me déplaift, oftez vous de mes yeux.

Voſtre preſence enfin aigriroit ma colere.

PHILINTE.

Parlant de voſtre amant, ſçauroit on vous déplaire.
Tu meſnageois pour luy, cét entretien ſi doux.

ISMENE.

On ſçait bien que qui dit, Philinte, dit jaloux.

PHILINTE.

Ce qu'on penſe de toy n'eſt pas choſe ſecrette,
On ſçait bien que qui dit, Iſmene, dit coquette.

ISMENE.

Oüy, de cét entretien tu te dois affliger,
Clidamant le merite, & ie veux l'obliger.

DIANE.

Laiſſez nous.

PHILINTE.

On l'attend, & ie vous importune:
Mais cherchons les moyens de troubler ſa fortune.

DIANE, à Iſmene.

Il croit que Clidamant a place dans mon cœur.

ISMENE.

Tu n'as point d'intereſt à le tirer d'erreur,
Bergere, cependant ne veux tu point te rendre,
N'aymeras-tu jamais le fidele Therſandre,
Luy qui par ta preſence animant ſes eſprits
Seulement pour te plaire a gaigné tant de prix,
Qui pour ne point donner pretexte à ta cholere,
S'il ſçait beaucoup aimer, ſçait encor mieux ſe taire,
Puis que l'ardent amour, dont il bruſle pour toy
N'eſt connu que de toy, de Thimante & de moy.

DIANE.

Ne m'en parle jamais.

A iij

ISMENE.

Et quoy touſiours farouche !
Mais ie te veux donner vn aduis qui te touche,
Il faut quand on le peut prendre le temps qui fuit,
Luy ſeul fait les beautez , & luy ſeul les deſtruit
Dans l'aymable ſaiſon que cette beauté dure.
Vſe bien des preſens que ta fait la nature,
Tu perdras cét eſclat qui charme les eſprits,
Et tu ſeras vn iour vn object de mépris.

DIANE.

Au contraire l'amour, dont tu ſçais peu l'vſage,
Fait l'office du temps, & ternit vn viſage :
Les ſoins qu'il met au cœur, ſes ſoucis, ſes douleurs,
Effacent bien des traits, moiſſonnent bien des fleurs;
Il eſt comme le temps Tyran de toutes choſes,
Et ſeiche en peu de iours, & nos lys, & nos roſes.

ISMENE.

Qu'vne ſemblable crainte a peu de fondement,
Pour ton propre intereſt quitte ce ſentiment,
Qvand l'amour eſt au cœur, l'œil a plus de lumiere,
Le viſage en reçoit ſa grace toute entiere,
On s'eſtime, on ſe plaiſt, on ſçait ce que l'on vaut,
On corrige par art juſqu'au moindre defaut,
On conſulte au miroir ſon port , ſa bonne mine,
On y prend ou l'air doux, ou l'œillade aſſaſine,
Et fort, ou foiblement on meſure ſes traits,
Ou pour bleſſer de loin, ou pour bleſſer de prés,
Donc pour ton intereſt, ie te le dis encore.
Ayme du moins vn peu, Therſandre qui t'adore.

DIANE.

Certes tu me ſurprens de me parler ainſi,
Toy qui n'as jamais eu d'amour, ny de ſoucy,
Toy qui fais tant d'amans ſeulement pour ta gloire,
Sans que ja nais pas vn demeure en ta memoire :

Qui te plais tour à tour dedans leur entretien,
Qui veut tout acquerir, & ne conseruer rien.
Tu souffres aujourd'huy Thimante qui t'adore,
Mais dy moy si demain tu l'aymeras encore.

ISMENE.

I'ayme, mais i'eus tousiours ma methode en amour,
L'Amant qui m'incommode est mon Amant d'vn
  iour,
Pour l'amour ie ne brusle encor, ny ne souspire,
I'en fais vn jeu tousiours, & iamais vn Martyre,
N'en rebutant pas vn, n'ay-je pas chaque iour
Vne foule d'amans qui tous me font la cour,
Qui tous pour m'aborder à l'enuy font la presse,
Et sur qui ie commande, & ie regne en Princesse,
Ils pensent à me plaire, ils ventent mes appas
Lors que ie vais au Temple, ils suiuent tous mes pas
Et i'ay plaisir à voir en des Bergers si braues,
A ma suitte pompeuse vne troupe d'esclaues :
Ie les satisfais tous en flattant leurs desirs,
Si i'en fais de jaloux i'y prens mille plaisirs,
Pourueu que ces jaloux, pour l'honneur de mes
  charmes
Ne le soient pas aussi iusqu'à prendre les armes :
Car enfin ce haut poinct des esclaircissemens
Pourroit effaroucher tous mes autres amans.

DIANE.

Hà ! que tu connois mal, l'amour & ses maximes,
Ie voy tes changemens, ainsi qu'autant de crimes,
Pour moy si d'vn object mon cœur estoit espris,
Ie ne pourrois passer de l'amour au mespris :
I'aurois attachement à ma premiere idée,
Et toute de ce Dieu ie serois possedée.

ISMENE.

Et bien ayme Diane au dela du tombeau,
Fais naistre sous ta cendre encor vn feu si beau,

DIANE.

Helas !

ISMENE.

Par ce soupir, & bien que veux-tu dire.

DIANE.

Ce que tu peux iuger d'vn cœur quand il souspire.

ISMENE.

Est-ce encor pour ton frere, ou bien pour vn amant,
A la fin aymes tu Thersandre.

DIANE.

Nullement.

ISMENE.

Parle, ie suis discrete.

DIANE.

Il faut que ie le die
I'ay teceu dans Seuille & l'amour & la vie,
Cleagenor, Ismene, est le nom du vainqueur,
Dont i'ay la chere image empraïnte dans mõ cœur.

ISMENE.

O Dieux ! que ce discours a trompé ma pensée,
Pour faire des leçons i'estois bien addreßée,
Mais poursuy.

DIANE.

Nos parens approuuoient nostre amour,
Et dés-ja pour l'Hymen on auoit pris le iour,
Quand Nearque poußé par vn desir infame
Me vint solliciter en faueur de sa flamme :
Apres tous ses souspirs ce fauory du Roy
Appella ses presens au secours de sa foy :

Mais enfin fans efpoir il refolut ma perte,
Et pour fe fatisfaire y vint à force ouuerte,
Il voulut m'enleuer : Ma mere en ce moment
Pour rompre le deffein de cét enleuement
Me fit prendre vn breuuage, & fa rufe fubtile
Sema de mon trépas le bruit parmy la ville ;
En effet fa vertu fit fur moy tel effort,
Qu'vn long fommeil parut le fommeil de la mort.
Nearque efpouuenté de ce trifte meflage
La vint voir dans mon lict peinte fur mon vifage,
Le remors dans fon cœur querella fon amour,
Son defefpoir l'arma pour le priuer du iour,
Et tandis que fon ame en eftoit agitée,
Ie fus dans vn vaiffeau fecrettement portée,
A peine auois-je encor acheué mon fommeil
Que ie me vis fur mer à mon premier refueil.
Ma mere me contoit encor cette auanture,
Et de ma feinte mort la fecrette impofture,
Alors qu'vn prompt orage en troubla les propos,
La frayeur & la mort marchoient deffus les flots :
Que te diray-je, helas ! noftre nef entr'ouuerte,
Quelques momens apres nous marquoit noftre perte
Quand vn efcueil la brife, & n'en fait par morceaux
Que des pieces de bois qui flottent fur fes eaux :
Ie ne fçay quel des Dieux prit foin de ma fortune,
Et fous ma main tremblante en fit rencontrer vne,
Qui m'ayant fait paffer fur ces tombeaux mouuans,
Dans le trouble des eaux, & l'empire des vents,
Me porta fur la greve apparemment fans vie
Dans l'Ifle d'Erithrée où regne Felicie.
Reuenant de la chaffe, elle apperçeut vn corps
Que la mer menaçoit encore fur fes bords,
Et ce Dieu qui voulut acheuer fon miracle,
Rendit fon cœur fenfible à ce trifte fpectacle :
On me porta chez elle, & c'eft à fon fecours
Que ie dois aujourd'huy le refte de mes iours :
Là ie changé de nom pour affeurer ma fuite,
Et pour tromper ainfi Nearque & fa pourfuitte.

ISMENE.

Quoy ? Bergere, ton nom n'est pas Diane.

DIANE.

                                        Non,
Celie estoit mon seul & veritable nom,
Et pour ma seureté i'ay fait à Felicie
Vn rapport supposé des mal-heurs de ma vie :
Depuis dans son Palais, i'ay trouué mon séjour,
Ie demeure auec elle, & ie suis de sa Cour,
Et sept fois le Soleil a fourny sa carriere,
Que i'ignore où les flots auront porté ma mere.

ISMENE.

Et ce Cleagenor fut de tout esclaircy ?

DIANE.

Helas ! c'est vn des poincts qui cause mon soucy,
Cleagenor surpris par la mesme imposture
Me vint voir dans mon lict, comme en ma sepulture :
Et mon estonnement, Ismene, est sans pareil,
Que le bruit de ses cris ne rompit mon sommeil,
L'ardeur de me venger sécha toutes ses larmes,
Son riual attaqué tomba dessous ses armes,
Il le laissa pour mort, & la fureur du Roy
Força Cleagenor de partir deuant moy.
Dans ce depart, pressé par vne iuste crainte,
Ma mere n'ayant peu l'esclaircir de la feinte
Depuis sept ans entiers, en doute de son sort,
Ie ne sçay si ie plains le viuant ou le mort ;
Cependant pour pleurer dans ma douleur amere,
Et pleurer librement i'ay feint la mort d'vn frere.

ISMENE.

Ton mal-heur m'est sensible, & i'allege tes soins,
Si pour y prendre part il t'en peut rester moins ;
Ie ne condamne plus tes souspirs, ny tes larmes,
Mais de ces déplaisirs enfin sauue tes charmes ;

En ce doute fafcheux porte ailleurs tes defirs,
Si ton amant eft mort, tu perds trop de foufpirs,
Ou bien s'il eft viuant eft il de l'apparence,
Que pour toy qu'il croit morte il garde fa conftãce;
Mais mon amant paroift.

SCENE III.

THIMANTE, DIANE, ISMENE.

ISMENE, *à Thimante.*

Que viens-tu faire icy ?

THIMANTE.

I'y venois pour vn peu diuertir mon foucy. ?

DIANE.

quel foucy ?

THIMANTE.

C'eft vn mal dont ie reffens l'atteinte.

ISMENE.

Qu'eft-ce donc ?

THIMANTE.

Tu le vas connoiftre par ma plainte.
Aux jeux trop de Bergers ont eu pour ma douleur
Trop long-téps ton oreille, & peut eltre ton cœur;
Pres de toy trop de monde, & fe preffe & s'affemble,
Dorylas ta parlé trop long-temps ce me femble,
I'ay veu tant de Bergers affis à tes genoux.

ISMENE.

Que Thimante ea vn mot eft denenu jaloux.

Puiſque tu veux m'aimer, apprens à me connoiſtre,
Ie ſuis libre, Thimante, & ne veux point de Maiſtre,
Ie ne pretens iamais dependre que de moy,
Et t'auois-je promis de ne parler qu'à toy ?
Penſes tu que tu ſois l'amant ſeul qui me ſerue?
N'en ay-je pas encor qu'il faut que ie conſerue ?
Et de tous les Bergers dont i'ay receu la foy,
Si ie n'ouure la bouche, & les yeux que pour toy,
Et que l'vn de ces iours ie ceſſe de te plaire,
Ou que ie change auſſi, comme tout ſe peut faire,
Tous les autres ialoux de ces bons traittemens,
Quand ie t'aurois perdu ſeroient ils mes amans ?
Et ſi ma liberté pour tous n'eſtoit ſoufferte,
Qui d'entr'eux me voudroit conſoler de ta perte?
Ie ſonge à l'aduenir dont tu n'es pas garand,
Du moins ſi l'vn me quitte, vn autre me reprend.
Voy ſi l'humeur te plaiſt, voy ſi ſans ialouſie
Tu pourras me ſeruir ainſi toute ta vie,
Et ſi cela ſe peut, eſpere quelque iour,
Et la bouche, & la main, pour flater ton amour,
Et peut-eſtre le cœur, ſi mon humeur me change.

THIMANTE.

Cette façon d'agir me ſemble fort eſtrange ;
Mais preſque tous les ſoirs quelque aſſignation
Semble aſſez m'aſſeurer de ton affection,
Et ne me flater pas d'eſperances friuolles.

ISMENE.

Iuſqu'icy toutesfois ce ne ſont que parolles.

THIMANTE.

I'eſpere tout du temps, en attendant ce iour,
Nos noms grauez par tout marqueront mon amour,
Iſmene ie promets.

ISMENE.

     Mais i'apperçoy Therſandre,
Ce Berger dont tes yeux ont mis le cœur en cendre.

DIANE.

DIANE.

Ismene, ie te quitte.

ISMENE.

Hà! c'est trop de rigueur,
Donne au moins le visage en refusant le cœur.

✿✿✿✿✿✿✿✿✿✿✿✿✿

SCENE IV.

THERSANDRE. DIANE. THIMANTE.
ISMENE.

THERSANDRE *à Diane.*

Arreste, cher object, qui cause mon martyre,
Auant que de mourir ie n'ay qu'vn mot à dire,
La Nymphe a de ces prix couronné ma valeur,
Ie les mets à tes pieds, i'y mets de plus mon cœur,
Reconnois ton captif, si dans ce iour de Feste
Tu n'en veux triompher, souffre au moins ta con-
quefte,
Et sans rien accorder à cét ambitieux,
A le voir seulement accouftume tes yeux.

DIANE.

Quoy, ton cœur, mon captif? ie ne suis pas si vaine,
Fais le changer de maistre, ou bien brise sa chaisne,
Romps, ou change ses fers, si tu n'as le dessein
De le voir tout à l'heure affranchy de ma main.

THERSANDRE.

Helas! sa liberté, n'est pas ce qu'il desire.

DIANE.

Qu'il viue donc tousiours esclaue, & qu'il soûpire

THERSANDRE.

Quoy ! refuser vn cœur, ce preſent precieux,
Qu'il ſe vit touſiours digne, & du Temple, & des
    Dieux.
Penſes y bien, Bergere, il eſt de ta iuſtice
De ne pas mépriſer ce noble ſacrifice,
Puis qu'enfin ie ne donne à nos Dieux tous puiſſans
Que la meſme victime, & les meſmes encens ;
Noſtre Deeſſe au Temple à mes yeux eſt moins
    belle,
Et tu portes le nom de Diane comme elle.

DIANE.

Puis qu'il eſt d'vn tel prix, ce preſent precieux,
Qu'il ſe vit touſiours digne, & du Temple & des
    Dieux ;
I'y penſe bien Berger, il eſt de ma iuſtice
De ne pas accepter ce noble ſacrifice,
Et ie ferois injute à nos Dieux tous puiſſans
De partager leur gloire, & les meſmes encens :
I'ay le nom de Diane, à tes yeux ie ſuis belle,
Mais ie n'ay pas le rang de Deeſſe comme elle.

THERSANDRE.

Sans Temple & ſans Autels tu te fais adorer,
C'eſt ta Feſte aujourd'huy qu'on m'a veu celebrer ;
Ie n'ay point d'autre culte, & point d'autre Diane,
Le feu de mon amour n'eſt point vn feu profane,
Et ſi quelque rayon ne t'en eſchauffe vn peu,
Il faudra que ie cede à l'ardeur de ce feu.

DIANE.

Auecques mes meſpris ne ſçaurois-tu l'eſteindre,
Sers toy de ce remede, & ceſſe de te plaindre.

THERSANDRE.

Quel remede, bons Dieux ! viens-tu m'offrir Icy,
Bergere, il faut mourir ſi tu gueris ainſi,

Flatte au moins d'vn seul mot l'amour que tu fis
   naistre,
Si ie ne suis heureux fais que ie pense l'estre.
Helas ! pas vn seul mot ne me vient secourir,
Oüy, si tu gueris ainsi, Bergere il faut mourir.

ISMENE.

Pourquoy porter vn cœur à l'amour si rebelle ?

THIMANTE.

Pourquoy mesprises-tu ce Berger si fidele ?

DIANE.

Il vaut mieux m'en aller.

THERSANDRE.

            Pousse encor ton desdain
Si tu veux espargner mon trespas à ma main,
Acheue de former le glaiue qui me tuë :
Encor vn mot de haine, & ie meurs à ta veuë
Parles donc ? respons moy.

ISMENE.

         La Nymphe arriue icy.

DIANE.

Qu'elle me vient tirer d'vn penible soucy.

THERSANDRE.

Et moy ie vais toucher ces rochers & ces marbres,
Et puis mourir au pied de quelqu'vn de ces arbres,

SCENE V.

FELICIE, PARTHENIE, DIANE, ISMEN
THIMANTE, CLIDAMANT,
PHILINTE.

FELICIE.

DEpuis vn luftre & plus , qu'au droiĉt de n
    ayeux,
Par la mort de ma fœur ie gouuerne ces lieux,
Et qu'icy de Diane on celebre les Feftes ;
Iamais tant de lautiers n'ont couronné vos teftes,
Et iamais dans vn iour de diuertiffement
Ie n'occupé mes yenx plus agreablement ,
Chacun pour emporter le prix qu'on luy difpute,
A fait voir fon adreffe à la courfe , à la lute
Que Therfandre a bien fait dans ce commun effo
Qu'il agit noblement , quelle grace , quel port ,
Et s'il faut dire icy ce que i'en imagine,
Ou des Roys , ou des Dieux , il a fon origine,
Que Thimante eft heureux d'eftre de fes amis.

THIMANTE.

Ce n'eft pas d'aujourd'huy que cét heur m'eft p
    mis,
Ce nom m'eft precieux , & pour mon aduantage
I'en eus la connoiffance à mon dernier voyage,
Ie le vis arriuer de fon païs natal
Dans la fameufe Cour du Roy de Portugal.
La rencontre d'humeurs qui l'homme à l'hom
    affemble ,
D'vne telle amitié nous vint lier enfemble,
Que l'ayant rencontré trifte & plein de foucy ,
Ie fis tant qu'à la fin il me fuiuit icy

Dans l'espoir, qu'en ces lieux où regne Felicie,
Il perdroit sa douleur & sa melancolie.

FELICIE.

En effet, quoy qu'icy ce Berger fortuné
Ait receu tous les prix dont il est couronné,
Ie le trouue pourtant tousiours mélancolique,
N'est ce point quelque soin d'vn amour qui le pic-
    que?
Heureuse la Bergere, & trois & quatre fois
En qui cét estranger auroit borné son choix :
Il a tant de merite au dessus du vulgaire,
Qu'vne Nymphe en l'aimant ne s'abbaisseroit guere.

CLIDAMANT.

Il merite beaucoup, & nous l'estimons tous,
Nous aymons ses vertus sans en estre jaloux.

PARTHENIE.

Clidamant ne doit rien, ce me semble à Thersandre.

ISMENE.

Thimante acheue bien ce qu'il veut entreprendre.

DIANE.

Philinte vne autre fois sans doute sera mieux.

PHILINTE.

Oüy, quand de mon costé vous tournerez les yeux

FELICIE.

Bergers preparez vous, encore ie vous prie,
Pour l'Hymen de Thyrsis auecques Parthenie;
Ma niepce ce Berger est bien digne de vous,
Et vous n'ignorez pas que i'en fais vostre espoux,
Si tost que son retour nous rendra sa presence.

PARTHENIE, *bas.*

Oüy, si mon cœur enfin peut souffrir violence.

FELICIE.

Cependant dans le Temple en ce iour glorieux,
Allons tous de ce pas rendre graces aux Dieux.

ACTE II.
SCENE I.

ISMENE.   THERSANDRE.   THIMANTE.

ISMENE.

Ovy, Thersandre, i'ay fait ce que i'ay pû
       pour toy,
   I'ay fait voir tes soûpirs, ta constance, ta
       foy ;
Pour la persuader i'ay fait tout mon possible,
Mais i'ay perdu mon temps, Diane est insensible,
Et son cœur que l'amour ne sçauroit plus toucher,
Parmy tant de rochers est deuenu rocher.

THERSANDRE.

Que seray je, Thimante? hà ! que ma peine est rude.

THIMANTE.

Quitte là cette ingratte, & sors de seruitude.

THERSANDRE.

Le moyen d'en sortir, ie suis né mal-heureux
Sous le funeste aspect d'vn astre rigoureux,
Qui malgré tous mes soins, afin de m'en deffendre
Poursuit Cleagenor sous le nom de Thersandre.

ISMENE, *bas.*

Qu'ay-je entendu, bons Dieux ?

THIMANTE.

Thersandre, qu'as-tu fait ?
Est-ce ainsi que ta bouche a trahy ton secret,
Regarde en quel peril te met ton imprudence,
Ne redoute tu plus Nearque & sa puissance ?

THERSANDRE.

Non, ie ne crains plus rien, ie cherche le trespas,
Et puis qu'il faut mourir, qu'importe de quel bras,
Icy de tout conseil mon ame est dépoureuë,
Qu'importe que Nearque, ou Diane me tuë.

ISMENE, *bas le demy Vers.*

O Dieux! qu'il est heureux: celle pour qui tu meurs
N'a-elle point appris que ton cœur ayme ailleurs,
Si ta legereté faisoit naistre ta peine,
Tu luy donnes à tort le tiltre d'inhumaine.

THERSANDRE.

Cét amour, dont tu vois mon cœur inquieté,
Au contraire est tesmoin de ma fidelité :
Helas! i'aymois iadis vn objet adorable,
Les Dieux ne firent rien iamais de plus aymable,
De roses & de lys ils formerent son teint,
Et dans ses yeux brillans le Soleil estoit peint,
Pour te mieux exprimer ce que ie t'en publie,
Diane est son portraict, en elle on voit Celie,
Elle eut comme Diane vn port majestueux,
Elle eut comme Diane, & la bouche & les yeux,
Elle eut comme Diane vn air fier, mais aymable,
Enfin toute à Diane elle fut comparable :
Mon cœur est donc constant ainsi qu'auparauant,
Puisque ie l'ayme encor en son portraict viuant,
Ie crus lors que sa mort n'estoit point veritable,
Et que Diane estoit cét objet adorable;

Mais quand ie vis Diane auec tant de mépris
Traitter l'ardent amour dont mon cœur est espris ;
Quand ie vis ses rigueurs, & sa haine infinie,
Ie dis en mesme temps ce n'est pas là Celie,
Et par ses cruautez ie vis bien qu'en effet,
Ie suyuois sa peinture, & n'aymois qu'vn portraict.

ISMENE.

Quoy ? Celie est donc morte.

THERSANDRE.

     Helas ! c'est là ma peine ;
Sur son funeste lict ie la vis morte, Ismene,
Et plus mort qu'elle encor ie vis briller ces lieux
D'vn reste de clarté qu'auoient lancé ses yeux :
A l'instant vn combat que i'eus pour cette belle,
De Nearque, & de moy termina la querelle,
Ce fauory du Roy par d'infames desirs
S'en formoit vn object de ses sales plaisirs ;
Cét outrage sanglant estoit fait à ses charmes,
Ie combatis Nearque, il me rendit les armes ;
Mais la mort de Celie, & le couroux du Roy
Pour desrober ma teste aux peines de la loy,
M'ont fait erter sept ans de Prouince en Prouince,
Enfin lassé de voir la Cour de chaque Prince,
Icy de tous perils i'ay creu me dégager
Sous le nom de Thersandre, & l'habit de Berger,
Et pour me cacher mieux par vn triste aduantage,
Les ennuys de mon cœur ont changé mon visage.

ISMENE.

N'as-tu rien de Celie ?

THERSANDRE.

     Oüy i'en receus vn iour
Ce gage precieux de sa fidele amour,
Regarde ce portraict, & iuge ie te prie,
Ou si i'ayme Diane, ou si i'ayme Celie.

ISMENE.

Donne moy ce portraict, ton mal en guerira,
Diane le voyant pour toy s'adoucira;
Ie vais luy faire voir.

THERSANDRE.

Que veux-tu faire, Ismene,
Mais i'apperçoy Diane! ô Dieux quelle est ma peine,

SCENE II.

DIANE. THERSANDRE. ISMENE, THIMANTE.

DIANE, à Ismene,

IE te cherchois par tout.

THERSANDRE, à Ismene

Si tu veux m'obliger
Rends ce portraict; Ismene,

ISMENE.

Hà! l'importun Berger,
Entrons dedans ce bois, i'ay beaucoup à te dire,

THERSANDRE.

Luy montrer ce portraict! hà quel est mon martyre,
Hà! desloyal Ismene, est-ce là cette foy
Dont Thimante tousiours m'a respondu pour toy.
Oüy, c'est par tes conseils que mon ame seduite
De ma fidelle amour luy laissa la conduite;
Rien de toy, rien de moy ne la sçauroit toucher,
Elle raille de tout, mais allons la chercher.

ISMENE, *reuenant auec Diane.*

Ie ne voy plus personne, & ie te puis tout dire,
Quelque maistresse enfin pour Thersandre soûpire,
Oüy quelqu'vne en ces lieux moins cruelle que toy
Accepte son seruice, & respond à sa foy ;
Ce portraiâ que tu vois, & qu'il a receu d'elle,
De leurs feux mutuels est vn tesmoin fidelle.

DIANE.

Que vois-je ?

ISMENE.

    Ce portraiâ dont Thersandre est si vain.

DIANE.

Cleagenor en eut vn pareil de ma main,
Qui te la pû donner ? Ismene.

ISMENE.

      C'est luy-mesme.

DIANE.

O Dieux ! que me dis tu ? ton erreur est extrême.

ISMENE.

C'est luy, te dis-je encor.

DIANE.

    Ce discours est sans foy,

ISMENE.

Ie le vois tous les iours, tu le vois comme moy.

DIANE.

En ces obscuritez ie ne puis rien comprendre.

ISMENE.

Il t'ayme, & tu le fuis.

DIANE.

Ie ne fuis que Therfandre.

ISMENE.

Et bien n'accufe plus que toy de ces ennuys,
C'eft ce Cleagenor qui t'ayme, & que tu fuis.

DIANE.

Cleagenor, Ifmene, hà cela ne peut eftre,
Pourrois-je auoir efté deux mois fans le connoiftre ;
Car c'eft depuis ce temps qu'il demeure en ces lieux.

ISMENE.

Ta douleur t'auoit mis ce bandeau fur les yeux,
Croy que depuis fept ans que tu vis ce riuage,
Le temps qui change tout, change bien vn vifage ;
Le voicy ce Therfandre, examine le bien,
Cependant qu'auec luy i'auray quelque entretien ;
Feins d'entrer dans ce bois, & fur tout ne te monftre
Qu'alors que ie t'auray mefnagé fa rencontre.

DIANE, *entrans dans le bois.*

Heureux gage d'amour.

SCENE III.

**THERSANDRE. THIMANTE.
ISMENE. DIANE.**

THERSANDRE, *à Thimante.*

Tu vois ce qu'elle a fait,
Dans les mains de Diane elle a mis ce portraict.

THIMANTE,

Elle entre dans ce bois.

ISMENE.

Therſandre vn mot,

THERSANDRE.

Perfide
Acheue icy ton crime , & ſois mon homicide,
Frape , frape ce cœur qui n'eſpere plus rien ,
Mais par quel intereſt as-tu trahy le mien.

ISMENE.

Et de quoy te pleins-tu ?

THERSANDRE.

Quelle groſsiere feinte !
Oſe-tu demander encor quel eſt ma plainte ?

DIANE , *bas, le regardant d'où elle eſt cachée.*
Il a le meſme port.

ISMENE.

Donne moy le loiſir.

THERSANDRE.

Et quoy de feindre encor , & mentir à plaiſir,
Te ſuis-je point encor obligé de la vie.

ISMENE.

Que l'amour ayſément degenere en folie.

THIMANTE.

Therſandre eſcoute la.

THERSANDRE.

Qu'eſt-ce qu'elle dira,

ISMENE.

Et bien que ton amour aille comme il poûrra.

THER

THERSANDRE.

Parles donc, que veux-tu?

ISMENE.

Moy, ie n'ay rien à dire.

THIMANTE.

Tu luy voulois parler.

ISMENE.

C'eſt que ie voulois rire.

THIMANTE.

Parle luy ie te prie.

THERSANDRE.

Iſmene, au nom des Dieux.

ISMENE.

Ie me fais à mon tour auſſi tenir à deux.

THERSANDRE.

Ie t'eſcoute, dis-moy, que me veux-tu?

ISMENE.

Te dire

Qu'vn Riual a cauſé ton mal, & ton martyre.

THERSANDRE.

Vn riual, à ce nom ie ſuis tout animé.

ISMENE.

Oüy, Therſandre, vn riual, mais vn riual aymé.

THERSANDRE.

Aymé, quoy de Diane?

ISMENE.

Et de plus de toy-meſme.

C

THERSANDRE.

Ie le hay cét amy , si ma maistresse l'ayme,
Et quel qu'il soit enfin i'en veux mourir vengé.

DIANE, *bas.*

Si c'est Cleagenor ! ô Dieux qu'il est changé.

THERSANDRE.

Où donc est ce riual ?

ISMENE.

       Auecques toy Thersandre,
Au prix de tout ton sang tu le voudrois deffendre,
Tu ne le quitte point.

THERSANDRE, *à Thimante.*

       Sans rien dissimuler
N'es-tu point ce riual, dont elle veut parler,
Ie te croy mon amy , ne feins tu point de l'estre,
N'es-tu point ce cruël , ce perfide , ce traistre.

THIMANTE.

Ismene respons luy.

THERSANDRE.

       Que veux-tu dire encor.

ISMENE.

Thersandre a pour riual.

THERSANDRE.
Parle ?
ISMENE.

       Cleagenor.

THERSANDRE.

Cleagenor , Ismene , hà ! ma joye est extrème,
Oüy , i'ayme ce riual autant comme moy-mesme.

Et s'il peut estre aymé de l'object que ie sers,
Sans blasmer ses rigueurs i'adoreray mes fers.

ISMENE.

Và, tu n'as rien perdu, ton heur va faire enuie,
Diane s'est renduë au portraict de Celie.

DIANE, *bas.*

Qui l'auroit peu connoistre à ses traits effacez,
Mais mon amour enfin me les a retracez ;
Abordons les, cedons à mon impatience.

THERSANDRE, *à Ismene.*

Non, ie ne te croy point, mais Diane s'auance,
Voy si ses yeux n'ont pas la mesme cruauté,
Tousiours le mesme orgueil, & la mesme fierté.

DIANE.

Ismene, ié te cherche, & le te viens instruire.

ISMENE.

Et quoy Celie, as-tu quelque chose à me dire.

THERSANDRE.

Celie ?

ISMENE.

Oüy Celie :

THERSANDRE.

                    Helas ! c'est mon erreur,
C'est son port &ses yeux, mais ce n'est pas son cœur.

ISMENE.

C'est elle tu la vois, oüy Thersandre; c'est elle.

THERSANDRE.

Quoy ? du sein des tombeaux en est il qu'on rapelle.

Et ce Dieu qui preside à l'eternel sommeil,
Par quelque priuilege a-il fait son reueil.

DIANE, à *Thersandre*.

Et bien, quoy qu'à ta foy tu trouue cét obstacle,
L'amour ne te peut il faire croire vn miracle;
Cleagenor me voit, & ne me connoist pas :
Mon portraict est il faux ? n'ay-ie plus mes appas?
Voy si c'est ta Celie ; au moins si ce n'est elle,
Ce n'est plus la beauté qui t'estoit si cruelle,
Cleagenor.

THERSANDRE.

Celie ;

DIANE.

Est il possible, ô Dieux
Que ie reuoye icy ce que i'ayme le mieux.

THERSANDRE.

Est-ce vous ? se peut il enfin que ie vous voye.

ISMENE.

Prenez bien garde à vous, on peut mourir de joye

THIMANTE.

Suy cét exemple, Ismene, accorde en ce moment
A mon impatience vn baiser seulement :
Voy que Diane enfin cesse d'estre farouche.

ISMENE.

Quoy, l'object te reueille ? & l'exemple te touch
Tu ne veus qu'vn baiser ?

THIMANTE.

Ie seray satisfait.

ISMENE.

Donne moy donc des Vers, ou du moins vn bouqu

THIMANTE.

Ie t'en apporteray, n'en doute point, Ismene.

ISMENE.

Ie te le donneray, ne t'en mets point en peine.

THIMANTE.

Voudrois-tu reculer encor ce qui m'eſt deu.

ISMENE.

Il en ſera meilleur s'il eſt bien attendu.

THERSANDRE.

En peu de mots voila toute mon auanture.

DIANE.

De mes mal-heurs auſſi ie t'ay fait la peinture,
Tu vois comme en ces lieux pour pleurer librement
I'ay feint de plaindre vn frere, en pleurant mou
amant.

THERSANDRE.

Quelle felicité !

THIMANTE.

       Faites qu'elle vous dure,
Et redoutez du ſort le caprice, & l'injure.

THERSANDRE.

Auons nous quelque choſe encor à redouter ?
Le ſort n'eſt il point las de nous perſecuter.

THIMANTE.

L'amour eſt vn enfant, il le faut bien conduire,
Diane a des amans, Therſandre ils peuuent nuire,
Philinte a l'eſprit fourbe, & nous connoiſſons tous,
Et qu'il ayme Diane, & qu'il en eſt jaloux :

Craignez de ce riual vn traict de perfidie,
Il gouuerne à son gré l'esprit de Felicie,
Et vous voyant seruir d'obstacle à son amoue,
Il vous feroit donner l'ordre d'vn prompt retour,

THERSANDRE.

Mais Diane aprés tout pour l'empescher de nuire,
Sur l'esprit de la Nymphe a elle moins d'empire.

ISMENE.

Mais si la Nymphe t'ayme ; oüy ie l'ay remarqué,
Et tantost à demy son cœur s'est expliqué,
Quand au retour des jeux son aueu legitime
Nous a fait voir à tous combien elle t'estime :
Mais d'vne estime enfin que l'amour suit de pres
En termes fort precis , & qu'elle a dit es pres.

THIMANTE.

Son discours en effet reuient à ma memoire.

THERSANDRE.

O Dieux ! que dites vous ?

DIANE.

Ie commence à le croire,
Ie m'en souuiens aussi, i'en dois tout redouter,
Et c'est là le seul mal qu'il nous faut éuiter.

ISMENE.

Contre vos interests elle pourroit tout faire,
Et ton reffus enfin armeroit sa colere :
Sçais-tu ce qu'elle peut, d'vn clin d'œil, de deux
   mots,
Elle peut appaiser & mutiner les flots,
Euoquer des tombeaux des corps en pourriture,
Faire parler leur cendre , & marcher leur figure ;
Ce sont là ces secrets que tandis qu'il regna
A sa posterité Zoroastre enseigna :

Elle en est descenduë, & pour se satisfaire
Elle feroit seruir son art à sa colere.

THERSANDRE.

Ie sçay qu'à la magie elle estend son sçauoir,
Oüy, ie crains son amour auec tant de pouuoir,
Ie me rends à ce coup, dites que faut il faire ?

THIMANTE.

Vous cacher sous les noms, & de sœur, & de frere,
Cependant qu'en ces lieux sous ce déguisement.
Nous semerons le bruit de cét éuenement.

THERSANDRE,

I'approuue cét aduis.

DIANE.

Il importe à ma vie.

ISMENE.

Io vais pour commencer mentir à Parthenie

SCENE IV.

PARTHENIE. ISMENE. DIANE.
THERSANDRE. THIMANTE.

PARTHENIE.

Ismene, ie voudrois te parler vn moment.

ISMENE.

Quand vous aurez pris part à leur contentement;
Diane desormais n'a plus de plainte à faire,
Et le Ciel a permis qu'elle ait trouué son frere,

C'est cét heureux Berger, ils se sont reconnus.

PARTHENIE.

D'vn tel éuenement mon esprit est confus,
Quoy Thersandre son frere?

DIANE.

Oüy, Nymphe, c'est luy-mesme,
Luy pour qui ma douleur iusqu'icy fut extrême,
Les Dieux ont à la fin escouté mes souspirs.

THERSANDRE.

Oüy, Madame, les Dieux ont comblé nos desirs.

PARTHENIE.

I'en ay beaucoup de joye, & mon ame est rauie
De ce bon-heur qui fait le bien de nostre vie :
Diane à son loisir me fera tout sçauoir,
Mais aduertissez en la Nymphe, & l'allez voir.

THERSANDRE.

Nous deuons cét aduis à nostre Souueraine.

PARTHENIE.

Ie pourray cependant entretenir Ismene,
Thimante son amant n'en sera point jaloux.

THIMANTE.

Qu'vn tiers n'y vienne point, ie ne crains rien de
vous.

PARTHENIE.

Ismene, ie ne sçay, si ie te le dois dire,
Helas !

ISMENE.

Ie le sçay bien, puisque le cœur souspire,
Quand on veut dire i'ayme, & qu'on ne l'ose pas,
Le cœur à point nommé vous fournit vn helas !

N'ay je pas deuiné ?

PARTHENIE.

Ie le confesse, Ismene,
Deuine donc aussi l'object qui fait ma peine,
Que ie ne parle point, espargne moy ce soin.

ISMENE.

Ie ne puis, vn souspir ne porte pas si loin ;
Vous aymez, mais le reste est pour moy lettre close,
Si vous ne m'expliquez ce souspir par sa cause.

PARTHENIE.

Oüy, i'ayme.

ISMENE.

Mais qui.

PARTHENIE.

C'est.

ISMENE.

Acheuez,

PARTHENIE.

Clidamant.

ISMENE.

Voila bien des façons pour nommer vn amant ;
Hâ ! que vous auez peur que vostre leure y touche,
Il vous le faut tirer mot à mot de la bouche ;
Vous n'auez qu'vn amant, vrayement c'est bien de-
    quoy,
Si vous en auiez donc des listes comme moy,
Qu'à toute heure du iour, & ie nôme, & ie compte,
Il vous feroit beau voir auecques vostre honte,
L'amour est vn beau fruit, mais il le faut cueillir,
Et la honte le laisse, & tomber, & vieillir.
Mais apres tout enfin que dira Félicie,
Qui pretend qu'à Thyrsis sa niepce se marie.

PARTHENIE.

Ie le hay ce Thyrsis, & suis au desespoir
Si la Nymphe m'oblige à suiure mon deuoir,
Ie le suiurois pourtant sans en estre alarmée,
Si i'aymois Clidamant sans que i'en fusse aymée :
Car enfin ie suis fiere où m'engage l'honneur,
Pour cela ie voudrois auoit sondé son cœur,
Et suiuant la pensée où ie verrois son ame
Ie prendrois de l'amour, ou i'esteindrois ma flame.

ISMENE.

Que ne luy parlez vous, il n'est rien plus aysé.

PARTHENIE.

Ismene, ton esprit est'encor peu rusé,
Si i'osois luy parler il a peu de lumiere,
S'il ne me connoissoit atteinte la premiere,
Et ie me commettrois à donner cét aueu.

ISMENE.

Vous luy pouuez escrire.

PARTHENIE.

                    Encor tout ansi peu
Ce mesme point d'honneur n'ose me le permettre,
Ne connoistroit il pas mon amour par ma lettre,
Et de ma honte enfin ne seroit il pas vain,
S'il en pouuoit auoir cette marque en la main.

ISMENE.

Qu'il le deuine donc, s'il sçait l'Astrologie.

PARTHENIE.

Ne traitte point ainsi mon feu de raillerie.

ISMENE.

Il faut que ie vous serue en vostre passion,
Ie viens de m'auiser de cette inuention,

Ie luy veus seule escrire, & par vne amour feinte
D'vn mal qu'il n'a pas fait, luy faisant voir l'atteinte,
Si tost qu'il sera nuict l'inuiter de venir
A l'écho du iardin pour l'en entretenir.

PARTHENIE.

En mon absence ainsi tu verras ce qu'il pense.

ISMENE.

Cette affaire vous touche, & veut vostre presence,
Vous luy parlerez bas, & dans ces doux momens
Vous verrez beaucoup mieux quels sont ses senti-
    mens,
Et vous pourrez ainsi pour decouurir s'il ayme,
Vous mesme sous mon nom luy parler de vous-
    mesme.

PARTHENIE.

Et tu seras presente ?

ISMENE.

                    Oüy, ie feray si bien
Qu'il croira me parler dedans cét entretien.

PARTHENIE.

Mais comment à l'écho luy pouuons nous rien dire,
Car si tost qu'il est nuict la Nymphe se retire ;
Et tu sçais bien qu'alors nous n'y sçaurions aller,
    uelle est donc ton adresse, & comment luy parler ?

ISMENE.

e luy pouuons nous pas parler de la terrasse,
ui respond au iardin & sur la mesme place,
ous sçauez qu'à toute heure & sort commodé-
    ment,
ous y pouuez entrer de vostre appartement,
t c'est sur cela mesme & sur ces conjonctures,
our mon inuention que i'ay pris mes mesures.

PARTHENIE.

I'admire ton efprit, il eft induftrienx,

ISMENE.

I'en veux efcrire icy le billet à vos yeux,
En voicy le papier,

PARTHENIE.

Quoy ce font tes tablettes?

ISMENE.

Elles fçauent parler des paffions difcrettes,
Ie m'en vais employer mon ftile le plus doux,

PARTHENIE.

Sur tout, marque luy bien l'heure & le rendez-
vous,
Ha! que ton rare efprit me rend vn grand feruice,
Que ne te dois je point pour vn fi bon office,
Tu fçais me redonner la vie & le repos.

ISMENE.

Voyez ce que pour vous ie luy māde en deux mots,
Ils font affez preffans, & ce difcours l'engage
A venir fur les lieux en fçauoir dauantage.

PARTHENIE.

Il eft fort bien: il refte à luy faire tenir,

ISMENE.

Laiffez m'en le foucy ; mais ie le voy venir.

SCENE

SCENE V.

**PHILINTE. CLIDAMANT. PARTHENIE
ISMENE.**

PHILINTE, *à Clidamant.*

OVy, Diane est sa sœur, & ie viens de l'apprendre.

CLIDAMANT, *à Parthenie.*

Madame, nous cherchons l'vn & l'autre, Thersandre,
Afin que de son heur vous soyons les tesmoins.

ISMENE, *bas à Clidamant.*

Thersandre est bien heureux, mais tu ne les pas
 moins,
Et parce qu'en ta main la mienne ose remettre ;
Voy que de ton bon-heur tu peux tout te promettre
Sans ce jaloux.

PARTHENIE, *à Ismene.*

Allons la Nymphe nous attend.

ISMENE, *bas à Clidamant.*

Ne pouuant te parler, lis tu seras content.

CLIDAMANT.

Lis, tu seras content, qu'est-ce qu'elle veut dira?

PHILINTE.

Prens seulement la peine, & d'ouurir, & de lire

CLIDAMANT.

Ie croy que i'en puis bien faire tesmoins tes yeux,
Ce n'est rien de secret, ny rien de serieux,

D

Ismene ayme à railler , & veut qu'on parle d'elle,
Et c'est de sa façon quelque piece nouuelle.

PHILINTE.

Que i'ay d'impatience , ouure donc promptement.

CLIDAMANT.

Il faut voir , c'est autant de diuertissement,
Descouurons si pour moy quelque bon-heur s'explique.

Il lit.

Liste de mes amans par ordre alphabetique.

&

C'est fort bien debuter , mais dans ce que ie v' y
Ie ne remarque encor , ny Philinte ny moy.

PHILINTE.

I'y renonce pour moy , tourne la fueille , auance.

CLIDAMANT, *lit.*

Stances de Dorilas sur la mesme inconstance.

&

Ton inconstance , Ismene , & ta legereté
Esgalent ta beauté ,
Aux traits de ton caprice vn amant est en butte ,
A ton premier desdain il cherche le trespas,
Et ne fait rien qu'vn pas
De sa gloire à sa cheute.

&

Auec tous ces deffauts tu sçais l'art de charmer,
Et ie te veux aymer ;
Ie trouueray tout bon , iusqu'à ton inconstance,
Et n'imiteray point de peur de ton courroux
Philinte le jaloux
Que toute chose offense.

Philinte qu'en dis tu ?

PHILINTE.

    Ie voy par quel deſſein
Iſmene t'a remis ces tablettes en main,
Ie l'appellois tantoſt cocquette , elle en enrage,
Et croit bien repouſſer l'outrage par l'outrage.

CLIDAMANT, *continuë de lire.*

Sonnet de Syluio ſon plus fidele amant,
Madrigal de Thyrſis : Au Berger Clidamant.
Cli. . . Philinte, dy moy, n'ay je point la berluë,
Voy ſi comme mes yeux ce nom frape ta veuë.

PHILINTE, *regardant dans les tablettes.*

Il n'eſt rien plus certain , cela t'eſt adreſſé,
Et tu te vois heureux , plus que tu n'as penſé,

CLIDAMANT, *lit.*

A l'écho du iardin , ce ſoir & dans l'ombrage,
Ie veux t'entretenir ;
On t'ayme , ſi tu veux en ſçauoir dauantage
Ne manque d'y venir.

ISMENE.

PHILINTE, *voulant prendre les tablettes.*

    Que ie voye, accorde moy ce bien,
Quoy , tu ne le veux pas ? ne me déguiſe rien,
Il eſt eſcrit Diane , & tu me lis Iſmene.

CLIDAMANT.

Hà jaloux ! iuſqu'à quand veux tu faire ta peine.

PHILINTE.

Monſtre moy.

      D ij

CLIDAMANT.

       Pour guerir ton esprit agité
Ie veux vaincre d'abord ta curiosité,
Et puis l'amant discret, quelqu'ardeur qui te presse
Ne monstre pas ainsi le nom de sa maistresse.

PHILINTE.

Mais.

CLIDAMANT.

       Quitte tes soubçons, si tost qu'il sera nuit,
Ie me rends à l'écho sans tesmoins, & sans bruit,
Ie brusle de sçauoir ce qu'on me veut apprendre,
Cependant chez la Nymphe allons chercher Ther-
sandre.

PHILINTE, bas.

Pour te croire, & pour mieux en informer ma foy,
Ie veux au rendez-vous aller auecque toy.

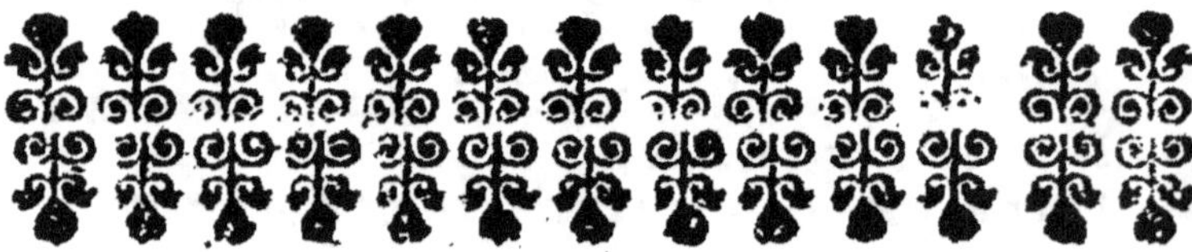

ACTE III.

SCENE I.

FELICIE. DIANE.

FELICIE.

IE te le dis encor, i'ay grand plaisir d'apprendre
Que Diane est la sœur du genereux Thersandre,
Il vient de m'informer de l'estrange mal heur,
Qui separa sur mer le frere de la sœur,
En quels lieux, sur vn aix, eschappé du naufrage,
De la mer en couroux le vint pousser l'orage,

Quels pays il a veus , ſes peines , ſon ſoucy,
Et du bon-heur enfin qui la conduit icy ;
I'en rends graces au Ciel qui te la fait connoiſtre,
Dans mon cœur comme au tien , la joye en vient de
       naiſtre ;
Il a des qualitez dignes du nom de Roy,
Vous trouuerez tous deux vn azile chez moy ,
Et l'vn & l'autre icy vous n'aurez de fortune,
Qui ne touche mon cœur , & ne me ſoit commune ,
Ie croy que de ſa part Diane en vſe ainſi,
Et que ce qui me touche enfin la touche auſſi.

DIANE.

Il me ſouuient touſiours qu'eſtant ſur le riuage,
Vn reſte mal heureux des flots & de l'orage,
De moment en moment n'attendant que la mort,
Ie rencontré chez vous mon azile & mon port ;
Pour toutes ces bontez que n'ay ie la puiſſance
De vous monſtrer combien i'ay de reconnoiſſance.

FELICIE.

Tu le peux.

DIANE.

Et comment.

FELICIE.

                 N'attendant que ſa mort,
Tu peux eſtre à ton tour mon azile & mon port,
Tu peux vaincre à ton tour l'ennemy qui me braue,
Qui d'vne ſouueraine en veut faire vne eſclaue,
Il eſt en ton pouuoir , tu le peux mettre à bas.

DIANE.

Quel eſt cét ennemy qui trouble vos Eſtats.

FELICIE.

Vn qui des plus vaillans peut enchanter les armes,
Qui des plus genereux peut arracher des larmes,
D iij

Qui ne voit rien de fort dont il ne vienne à bout,
Et sans rien respecter porte le feu par tout.

DIANE.

Ie ne le connois point encor par ces marques.

FELICIE.

Quoy ? tu ne connois point ce Tyran des Monar-
ques ?
Des plus grands Conquerans ce fameux triomphant,
Et qui n'est toutesfois qu'vn aueugle, vn enfant.

DIANE.

Si i'osois m'expliquer, ie pense le connoistre.

FELICIE.

Ne crains rien.

DIANE.

   Cét enfant, cét aueugle, ce maistre,
Il me semble auoir veu l'amour dépeint ainsi.

FELICIE.

Et c'est ce mesme amour dont ie te parle aussi.

DIANE.

Quel est l'heureux amant qui fait vostre martyre.

FELICIE.

Ne peux-tu m'espargner la honte de le dire,
O nuict couure bien-tost pour plaire à mon ardeur,
Et ces lieux, & mon front d'vne mesme couleur ;
I'ayme, mais acheuons puisque i'ay dit que i'ayme,
Thersandre est mon object.

DIANE.

Quoy mon frere ?

FELICIE.

        Luy-mesme.

Si ſon cœur eſt vn prix difficile à gagner,
Il n'eſt rien que pour luy ie vouluſſe épargner,
I'armerois pour l'auoir, tout me ſeroit poſſible,
Et nul obſtacle enfin ne ſeroit inuincible,
Deſia par quelques mots qu'il n'a pas remarqué,
Mon amour en paſſant s'en eſtoit expliqué.

DIANE.

Comme à ce grand honneur, il n'oſeroit pretendre,
Il ſeroit criminel, s'il croyoit vous entendre.

FELICIE.

Et bien ſois donc icy la bouche de mon cœur,
De mon ame timide explique la chaleur,
Dy luy que ſous ſes loix mon ame eſt aſſeruie,
Qu'il peut ſe preſumer digne de Felicie,
Que ſon ambition peut aller iuſqu'à moy,
Et qu'il peut ſoûpirer meſmes ſoûpirs qu'vn Roy;
Meſnage moy ce cœur, à qui le mien aſpire,
Mais qu'il ne penſe pas que ie le face dire,
A le penſer ainſi mon honneur court hazard,
Donne luy ſeulement cét aduis de ta part.

DIANE.

Il ſe doit icy rendre, & ie veux l'en inſtruire.

FELICIE.

Si toſt qu'il paroiſtra d'abord ie me retire,
Et d'vn de ces endroits vous entendray tous deux.
Mot à mot, & reſpondre, & parler de mes feux.

DIANE.

I'agirois ce me ſemble auec plus d'aſſeurance,
Si ſeule auecques luy i'eſtois en confidence.

FELICIE.

Non, ie veux eſcouter ce qu'il penſe de moy,
Mon oreille, & mes yeux m'en feront plus de foy.

DIANE.

Mais, Madame, apres tout.

FELICIE.

La chose est resoluë,
Bergere, cependant iusques à sa venuë,
Viens d'vn air, ie te prie, entretenir ces bois,
Et voyons si l'écho veut respondre à ta voix.

DIANE.

C'est vn commandement qu'vne telle priere,
Quelques plaintes d'amour en feront la matiere.

CHANCON.

Arbres, rochers, doux & charmans Zephyrs,
Ruisseaux, murmurantes fontaines,
Dans vostre sein, cachez mes déplaisirs,
Seuls tesmoins de mes feux, confidens de mes peines,
Dites moy si mon cœur n'osant se declarer,
Au moins peut soûpirer.   *L'Echo*, peut soûpirer.

Et bien soûpirs, ne faites point de bruit,
Monstrez mes sensibles atteintes,
Mais seulement au cœur, qui vous produit
Ne pouuant te parler, cher objet de mes plaintes,
Que l'écho qui m'entend, puisse dire pour moy,
Que si i'ayme, c'est toy.

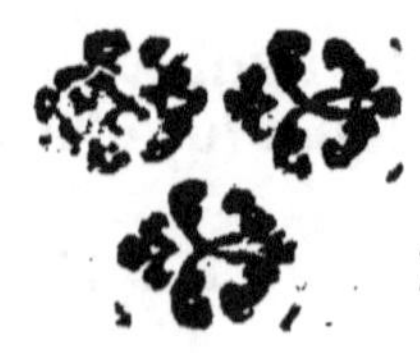

SCENE II.

THERSANDRE. FELICIE. DIANE.

THERSANDRE.

Diane est en ces lieux, & sa voix m'en asseure.

FELICIE, à Diane bas.

Ton frere vient icy, prens cette conjoncture,
Sur tout parle luy haut, toy seul es mon espoir,
Ie vais de cét endroit t'escouter, & te voir.

DIANE, bas.

O Dieux! tout est perdu, Thersandre va tout dire.

THERSANDRE.

Enfin il n'est plus temps que nostre cœur soûpire,
Reprenons nostre joye, & tarissons nos pleurs,
Changeons dans ce grand iour nos espines en fleurs,
Ne renouuellons plus nos disgraces passées,
Formons nostre entretien de plus douces pensées,
Et qu'vn propos d'amour.

DIANE.

       Laisse m'en le soucy,
Ie veux sur ce sujet t'entretenir icy.

THERSANDRE.

C'est à moy d'en parler, & quand ie considere
De quels traits en mon cœur.

DIANE.

       Ia Io sçay bien mon frere.

Ce n'eſt pas d'aujourd'huy que ie lis en ton cœur,
Et l'on ne vit iamais frere aymer tant ſa ſœur.

THERSANDRE.

L'amour dont ie te veux faire voir les atteintes
Paſſe celuy d'vn frere, il fait naiſtre des plaintes,
Il m'a fait ſoûpirer, deſeſperer, mourir,
L'amour pour vne ſœur ne fait point tant ſouffrir,
Mais i'ayme.

DIANE.

Ie deuine, & tu bruſles d'enuie
De me parler icy de l'amour de Celie.

THERSANDRE.

Oüy, ie prens grand plaiſir d'en parler auec toy,
Il me ſemble touſiours la voir quand ie te voy,
Que mon amour te trouue à propos pour t'en faire,
Comme i'ay touſiours fait ſeule depoſitaire,
Aſſeuré que ie ſuis iuſqu'icy ſur ta foy,
Que ton cœur m'eſt fidele, & touſiours tout à moy.

DIANE.

Tu n'en ſçaurois douter.

THERSANDRE.

O! ma chere,

DIANE.

Mon frere,
Ie ne connoy que trop combien ie te ſuis chere.

THERSANDRE.

Tes beaux yeux.

DIANE.

Quoy? flatter ta ſœur par ce diſcours.

THERSANDRE.

Ie ne ſçaurois parler, tu m'interromps touſiours.

DIANE.

L'auis en vaut la peine, & ie te veux apprendre,
Que de l'estime on passe à l'amour pour Thersandre,
Qu'à peine arriues-tu que ton propre bon heur
Te donne sans trauail la conqueste d'vn cœur,
Mais d'vn cœur qui des Roys pourroit faire l'enuie
D'vn grand cœur, en vn mot du cœur de Felicie.

THERSANDRE.

O Dieux ! que me dis-tu ?

DIANE.

　　　　　Ce qui doit t'estonner,
Ie voy qu'elle est ta peine à te l'imaginer ;
Ce grand heur en ta foy ne trouue point de place,
Pour t'en feliciter il faut que ie t'embrasse.

Elle luy dit bas en l'embrassant.

La Nymphe nous escoute, & tu dois feindre icy.

Elle dit haut.

Oüy, sans doute elle t'ayme, il faut l'aymer aussi,
Reçoy donc de ma part ce conseil qui t'honore,
Pour t'en mieux asseurer que ie t'embrasse encore.

Elle dit bas.

Ie suis sa confidente, & t'en dois auertir.

Elle dit haut.

A ces excez d'honneur veux-tu pas consentir,
Pense que ta Celie en cette conjoncture
N'a rien qui contre toy dans son cœur en murmure.

THERSANDRE.

A cét excez d'honneur où tu me vois refuer.
Ie me cherche moy mesme, & ne me puis trouuer,
Oser aymer la Nymphe, oser brusler pour elle,
Non, mon ambition n'est point si criminelle.

DIANE.

Sous ces profonds respects ie voy bien ton amour.

THERSANDRE.

Aussi puis-je autrement, ma sœur, le mettre au iour?
Si la Nymphe me tente, & m'en veut faire vn crime,
Il n'aura que le nom d'vn respect legitime,
Et pour m'en expliquer, si ie voy quelque iour
Ce respect legitime aura le nom d'amour.

DIANE.

Il a ce nom, mon frere, & ie suis toute preste
De luy vanter desia son illustre conqueste;
Mais enfin ce Soleil se plonge dans les eaux,
Et l'ombre se saisit du sommet des costeaux.
Ie me feray demain encore mieux entendre,
Aupres de Felicie il est temps de me rendre,
Mais la voicy.

FELICIE, *sortant d'où elle estoit cachée.*

Dequoy discourez vous tous deux,

DIANE.

De maistresse, d'amour, de soûpirs, & de feux.

FELICIE.

Thersandre auroit il fait desia quelque maistresse.

THERSANDRE.

Madame, i'ay trop peu de merite, & d'adresse,
Hors de vous obeïr ie ne demande rien,
Et vos bontez pour nous faisoient nostre entretien,
Ce cœur y respondra de toute sa puissance,
Et ie mourray plutost que ma reconnoissance.

SCENE

SCENE III.

PHILINTE, FELICIE, DIANE, THERSANDRE.

PHILINTE, *appellant.*

Clidamant.

FELICIE.

C'est assez, sortons i'entens du bruit,
Ie ne veux pas qu'icy l'on me voye, & de nuit.

PHILINTE, *continuant d'appeler.*

Ismene, Clidamant; ma voix est entenduë,
Ils fuyent, & la nuit les desrobe à ma veuë ;
Mais ce n'est point Ismene , & ie me trompe fort,
Ou i'ay veu de Diane , & la taille , & le port ;
Oüy, Clidamant me trompe,& m'en a donné d'vne
Diane à mes despens establit sa fortune,
Et ce billet enfin qu'il m'a voulu cacher,
Estoit soubscrit d'vn nom si charmant & si che.
Oüy, c'estoit de Diane , il me lisoit Ismene,
Pour espargner vn peu ma douleur & ma peine.
Que ie suis simple encor , & pourquoy n'ay-je pas,
Et suiuy Clidamant, & marché sur ses pas :
Mais peut estre à ce bruit est-ce luy qui s'auance,
Escoutons bien.

E

SCENE IV.

CLIDAMANT. PHILINTE.

CLIDAMANT, *sans voir Philinte.*

            O nuict! preste moy ton silence,
Fais taire tous ces bois en l'absence du iour,
Et ne laisse parler icy que mon amour.
Enfin ie suis défait d'vne troupe importune
Qui vouloit faire obstacle à ma bonne fortune,
De ce Berger jaloux sans respect & sans foy.

PHILINTE.

Tu me fais grand honneur parlant ainsi de moy,
Oüy, malgré tous mes soins, & toute mon adresse,
Tu viens de voir sans moy ton aymable maistresse.

CLIDAMANT.

Moy, ie viens de parler à quelqu'vn en ces lieux?
Moy, i'ay veu ma maistresse?

PHILINTE.

            Oüy, si i'ay de bons yeux,
Tu parlois à Diane, & voyant ma poursuitte
Tous deux au mesme temps vous auez pris la suitte,
Ces bois vous ont cachez.

CLIDAMANT.

        Que me dit-tu, bons Dieux!

PHILINTE.

Mais ie seray plus fin, & ie vous suiuray mieux.

CLIDAMANT.

Ie ne puis rien du tout comprendre en ce langage,
Mais cette deffiance enfin me fait outrage,

Pourquoy fouhaittes-tu d'accompagner mes pas,
Si l'object qui m'attend ne me le permet pas ;
Veux-tu produire au iour des paffions fecrettes,
Ifmene, toy prefent m'a donné ces tablettes,
C'eft elle qui m'attend à l'affignation,
Diane ne fçait rien de cette inuention :
Poffede fi tu peux cette Bergere aymable,
Et de ces trahifons ne me croy pas capable,
Ie cherche Ifmene, & fuy les tefmoins & le iour ;
Berger retire toy, laiffe en paix mon amour,
Pourquoy veux-tu me rendre vn fi mauuais office ?

PHILINTE.

Cette affignation marque quelque artifice,
I'ay remarqué tantoft au fpectacle des jeux
De Diane & de toy le commerce amoureux,
Tant d'accueils, de fouftis, tant de mots à l'oreille
Me forment vn foubçon qui toufiours me réucille,

CLIDAMANT.

Ceffe pour mon repos d'en eftre inquieté,
Ce n'eftoit vn effet que de ciuilité ;
Ie te le dis encor, ie te laiffe Diane,
Que ie hay tes foubçons, & que ie les condamne.

PHILINTE.

Ifmene eft affez libre, elle auroit pû le iour,
Si c'eft elle en effet, t'expliquer fon amour,
Pourquoy chercher la nuit afin de te le dire ?
Pourquoy n'ofer parler ? & pourquoy te l'efcrire ?

CLIDAMANT.

En vain, jaloux Berger, tu me l'as demandé,
Ce que ie te puis dire, eft que ie fuis mandé,
Ie ne puis au furplus te rien dire de refte,
Si c'eft occafion fauorable ou funefte,
Et quand ie te pourrois efclaircir fur ce point,
Ie te le dis encor tu ne le fçaurois point.

PHILINTE.

Ie te ſuiuray par tout.

CLIDAMANT.

Hà Dieux ! la peine extrême,
Laiſſe moy.

PHILINTE.

Ie te ſuy.

CLIDAMANT.

Demeure donc toy meſme,
Ie te quitte la place , adieu , perds ton ſoucy,
Ie feins de m'eſloigner , pour l'eſloigner auſſi.

PHILINTE.

Quoy tu me laiſſe ſeul , & ta ruſe me cache
Ces ſecrets qu'apres tout il faut bien que ie ſçache?
Feins tant que tu voudras , ie ſçauray malgré toy
A qui des deux objects tu donneras ta foy,
Ie ſerois bien teſmoin de ton amour ſecrette,
Mais vn autre rendra mon ame ſatisfaite,
Thimante m'apprendra toute l'inuention,
Ie m'enuais l'aduertir de l'aſſignation,
Si Diane y paroiſt , il viendra m'en inſtruire,
Si c'eſt Iſmene auſſi , ie le fais pour luy nuire ;
Quand Thimante verra ſa maiſtreſſe aujourd'huy,
Donner des rendez-vous à d'autres comme à luy,
Et qu'à l'heure qu'il eſt l'inconſtante s'engage,
S'il ne ceſſe d'aymer il n'a point de courage,
Ainſi i'auray plaiſir dans mon reſſentiment
D'affoiblir la fierté d'Iſmene , d'vn amant,
Allons donc l'auertir.

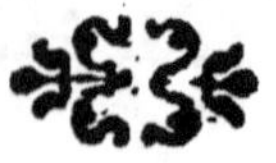

SCENE V.

PARTHENIE. ISMENE.

PARTHENIE, *sur la terrasse.*

I'entens du bruit, Ismene,
N'eſt-ce point Clidamant.

ISMENE.

N'en ſoyez point en peine,
Nous le ſçaurons bien toſt.

PARTHENIE.

Ie n'entens plus de bruit,
Et voy regner par tout le ſilence, & la nuit.

ISMENE.

A ce coup i'oy quelqu'vn, meſnageons bien la feinte

PARTHENIE.

que de peur & d'amour, ie ſens mon ame atteinte.

SCENE VI.

CLIDAMANT. ISMENE. PARTHENIE.

CLIDAMANT.

PErſonne ne me ſuit, ie ſuis en liberté,
Et mon jaloux enfin n'eſt plus Icy poſté.

ISMENE.

Madame, c'eſt luy meſme.

CLIDAMANT.

Auançons pour m'instruire
De ce qu'en ces jardins Ismene me veut dire.
Ismene.

ISMENE, *bas*.

Clidamant.

CLIDAMANT.

Est-ce toy?

ISMENE.

Ie t'attens.

CLIDAMANT.

Tu pourras m'accuser d'auoir tardé long-temps,
Mais vn jaloux.

ISMENE.

On t'ayme, & n'en sois point en doute,
Approche, parlons bas, i'ay peur qu'on nous écoute,
Mettez vous en ma place, & prenez ce moment.

SCENE VII.

**THIMANTE. CLIDAMANT. PARTHENIE.
ISMENE.**

THIMANTE, *parlant à Philinte derriere
le Theatre.*

IE te suis obligé de l'aduertissement,
Si ie trouue à l'écho Diane, ou bien Ismene,
Mon fidele rapport te tirera de peine,
Ie le promets, Philinte, & ie le veux tenir,
Ismene fort souuent me fait icy venir,

Où sa bouche en secret malgré son inconstance,
D'vne constante amour me donne l'esperance,
Et personne en ces lieux pour gage de sa foy,
A ces heures iamais ne l'entretient que moy :
Ie luy vais maintenant reprocher de s'y rendre,
Sans qu'vn mot de sa part soit venu me l'apprendre;
Approchons doucement , & sans faire de bruit,
Et gardons de luy faire vn scandale la nuit,
Ismene

CLIDAMANT, *quittant Parthenie.*

Quelque bruit a frappé mon oreille;
Ie reuiens.

PARTHENIE.

Quelle peur à la mienne est pareille,
Ismene , approche toy.

CLIDAMANT, *parlant à Thimante qu'il*
prend pour Philinte.

Philinte , en verité,
Ie ne puis plus souffrir voftre importunité ,
Pourquoy s'imaginer que ie fais voftre peine ?
Ie ne parle en ces lieux qu'à la bergere Ismene;
Ie vous le dis encor , ie viens mandé , certain
Que le mot est escrit , & signé de sa main :
Oüy , d'amour pour moy seul cette belle soûpire,
Sa bouche vient encor icy de me le dire,
Ie responds à ses feux , & vous puis asseurer
Que Diane iamais ne m'a fait soûpirer.

THIMANTE, *bas.*

Hà ! perfide.

CLIDAMANT.

Voyez le mal que vous me faites ;
Pour vous en esclaircir voulez vous ces tablettes;
Tenez , voyez son nom , examinez-le bien
Et prenez du repos , sans plus troubler le mien.
A me persecuter , mettez vous voftre gloire;

THIMANTE, *bas.*

Honte de mes amours, va sors de ma memoire,
I'ay dequoy te conuaincre, & quand ie l'auray sait
Ie te quitte esprit sourbe, & seray satisfait.

CLIDAMANT.

Philinte, qu'est-ce encor que vostre cœur murmure,
Il faut rompre auec vous si cette humeur vous dure,
Vous n'aurez plus d'amis en agissant ainsi,
Et vostre esprit jaloux . . mais il n'est plus icy,
Ie vais reuoir l'objet qui me charme & qui m'ayme.

PARTHENIE, *à Ismene.*

Voila nostre discours, acheue-le toy-mesme.

CLIDAMANT.

Enfin ie suis deffait des yeux de mon jaloux,
I'ay fait sortir Philinte.

ISMENE.

           Adieu retirons-nous,
Ie te le dis encor, ie suis bien auertie
Que ton ambition aspire à Parthenie,
At qu'ainsi tu me tiens d'inutiles propos.

CLIDAMANT.

Et bien ie veux encor te le dire en deux mots,
Du haut rang qu'elle tient i'ay trop de connoissance
Pour oser éleuer si haut mon esperance :
Hà! si i'osois l'aymer… mais moins ambitieux,
I'escoute mon deuoir, & ie me connois mieux,
Adieu iusqu'à demain.

PARTHENIE, *à Ismene.*

           Que i'ay l'ame contente,
Ismene, & qu'en amour ie te trouue sçauante,
I'admire ton esprit, & ton inuention,
Et la chose respond à mon intention.

ISMENE.

Voyez par ce discours qu'il nous a fait entendre
L'amour sous ce respect, comme vn feu sous sa cendre,
Ce n'est pas d'aujourd'huy, que vos charmes l'ont
pris.

PARTHENIE.

Cependant.

ISMENE.

Cependant viue les beaux esprits,
Sans moy vous estiez mal, & reduite au martyre,
De mourir de douleur, & d'amour sans le dire.

PARTHENIE.

Il est tard, allons voir en l'absence du jour
Si le sommeil viendra sur les pas de l'amour.

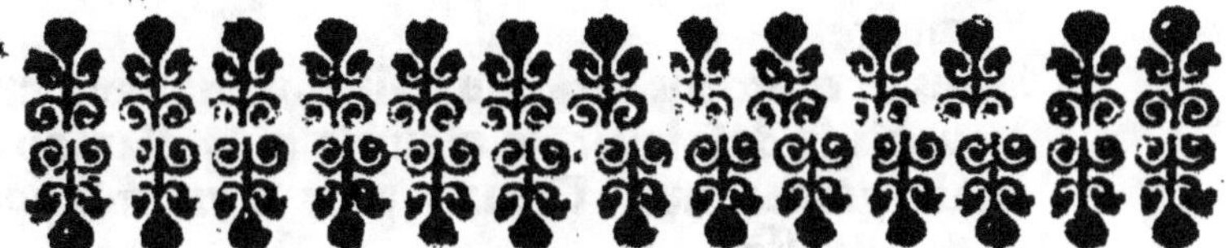

ACTE IV.
SCENE I.

THIMANTE. ISMENE.

THIMANTE.

Quoy ? perfide, de nuit, pour aigrir mon
courroux,
A quelque autre qu'à moy donner des
rendez vous :
Oüy, de nuit au iardin, sans lumiere, & sans suitte,
Du Berger Clidamant receuoir la visite.

ISMENE.

Quoy ? Thimante en courroux, ô Dieux qui l'eut
pensé.

THIMANTE.

Ie me plains sans raison, & i'ay l'esprit blessé,
I'ay de fort mauuais yeux, ie n'ay rien veu paroistre,
Et iamais ce Berger ne m'a peu reconnoistre :
C'est trop long temps, volage, arrester tes esprits,
Regarde ce tesmoin luy seul m'a tout appris,
Ie douterois encor que tu fusses coupable,
Si ce tesmoin si fort n'estoit irreprochable ;
Mais puis qu'en ce moment ie dégage ma foy,
Ie te rends tes papiers, & ne veux rien de toy.

ISMENE.

Et bien si ie n'auois sçeu pouruoir de bonne heure,
Quand l'vn me quitte, au moins que l'autre me de-
meure,
Dans ce moment fatal qui fait ton changement,
I'aurois le desplaisir de n'auoir plus d'amant ;
Mais graces aux Dieux, plus d'vn m'appelle sa
maistresse,
Et ie n'en auray pas moins de cour, moins de presse,
Ces tablettes font foy de ceux que i'ay soûmis,
Quitte pour te rayer du roolle où ie t'ay mis.

THIMANTE.

Volage.

ISMENE.

Toutesfois mon ame en est atteinte,
Thimante, ta douleur est l'effet d'vne feinte,
Ie t'en vais esclaircir, donne toy seulement
Le temps d'attendre icy le Berger Clidamant,
I'ay l'ordre deuant luy de descouurir la ruse,
Et ie sçay qu'aussi-tost tu me feras excuse ;
Mais le voicy venir.

SCENE II.

CLIDAMANT. ISMENE. THIMANTE.

CLIDAMANT.

N'ay-je point trop tardé,
Ne me soubçonne point, Thimante, on ma mandé,
Et bien que me veux-tu ?

ISMENE.

Ton mal-heur est extrême,
Thimante ne sçauroit souffrir qu'vn autre m'ayme,
Et pretend aujourd'huy dans le sort des combats
Mesurer auec toy son espée & son bras.

CLIDAMANT.

Choisis qui de nous deux tu crois le plus fidelle,
Et par ce choix enfin accorde la querelle.

ISMENE, *à Thimante.*

En estes vous d'accord.

THIMANTE.

Oüy, mon cœur s'y resout.

ISMENE, *à Clidamant.*

Pour luy ie l'ayme vn peu, mais pour toy, point
du tout,
Ma bouche est de mon cœur le fidelle interprete.

CLIDAMANT.

O du sexe inconstant ! fille la plus cocquette,
Tu n'aymes qu'vn moment, i'ayme vn moment aussi.

ISMENE.

D'vn secret toutesfois tu dois estre esclaircy.

CLIDAMANT.

Vn secret en ton cœur sans doute est bien en veuë.

ISMENE.

Tu crois bien hier au soir m'auoir entretenuë
A l'écho du jardin.

CLIDAMANT.
Oüy.

ISMENE.

         Si tu te trompois,
Et qu'vne autre en ma place eut contrefait ma voix.

CLIDAMANT.

Que me viens tu conter?

ISMENE.

         Cela pourroit bien estre.

CLIDAMANT.

Ie n'y comprens plus rien, & ne te puis connoistre,
Tu ne fais que tromper, en tout temps, en tous lieux,
Tu tournes en tout sens, & ton cœur, & tes yeux,
Quoy ? quelqu'autre en ta place ?

ISMENE.

         Et si par cette adresse
Ie t'auois sçeu gagner le cœur d'vne maistresse ;
Mais belle, mais illustre, & d'vn si noble sang,
Qu'apres la Nymphe enfin elle a le premier rang.

CLIDAMANT.

Et bien ments à loisir, parle, tu peux tout dire,
Ie ne suis desormais en humeur que de rire.

ISMENE.

Si ie ne te dis vray , si quelqu'autre que moy
Ne receut hier au soir tes sermens, & ta foy,

Pour

Pour le plus grand serment où mon honneur m'en-
    gage,
Que ie ne sois iamais cocquette, ny volage.

CLIDAMANT.

Apres vn tel serment, il faut bien t'escouter.

ISMENE.

Non, ce n'est point à moy que tu viens en conter,
Parthenie empruntoit mon nom, & ma figure,
Et tes yeux ont souffert cette douce imposture.

CLIDAMANT.

Ne t'ay-je pas connuë au seul ton de ta voix.

ISMENE.

Quand on t'a parlé haut, c'estoit moy qui parloit,
Puis soudain Parthenie en ma place auancée
Te descouuroit tout bas son ame, & sa pensée:
Apres vn tel object que i'ay sçeu t'asseruir,
Iuge si ie l'entens, & si ie sçay seruir.

CLIDAMANT.

Quoy ? celle où son haut rang me deffendoit d'at-
    teindre
Celle dont ie n'osois, ny parler, ny me plaindre,
Celle à qui mon respect cachoit mon amitié,
Auroit esté pour moy sensible à la pitié :
Hà ! cela ne se peut, y penser est vn crime.

ISMENE.

Tu verras si ie mens, & comme elle t'estime,
Ie l'attens en ces lieux.

CLIDAMANT.

                    I'obtiendrois mon desir,
Que ie baise tes mains, & meure de plaisir.

SCENE III.

PARTHENIE. ISMENE. CLIDAMANT, THIMANTE.

PARTHENIE, *voyant Clidamant baiser les mains d'Ismene.*

QVe vois-je ? Ismene icy joüit de ma fortune,
Ie me retireray si ie vous importune,
Continuez tousiours, rare est cette faueur,
Et qui donne les mains, peut bien donner le cœur.

ISMENE.

Hà ! certes en amour vous estes bien nouice,
Ie viens de l'informer de tout nostre artifice,
Et la joye où d'abord mon discours la porté,
A demandé de moy cette ciuilité ;
A quels soubçons jaloux cét object vous emporte,
Il m'a pensé baiser, & vous en seriez morte ;
Ne vous troublez donc plus ainsi mal à propos.

PARTHENIE.

Ismene, tû me rends la vie, & le repos.
On t'ayme, Clidamant, & ce jaloux martyre
Me deuroit épargner la honte de le dire.

CLIDAMANT.

Belle Nymphe, croyez.

PARTHENIE.

Entrons dedans ce bois.

CLIDAMANT.

Là je veux que l'écho vous redouble ma voix.

Et vous difant que i'ayme, & d'vne amour parfaite,
Qu'il refponde que i'ayme, & qu'il vous le repete.

PARTHENICE.

Ifmene, fois tefmoin de nos chaftes amours,
Et viens auecques nous entendre nos difcours ;
Thimante, fois difcret, & garde de rien dire.

THIMANTE.

Que le mal d'vn jaloux eft vn cruel martyre,
Que Philinte fe trompe, & croit fans fondement,
Que Diane eft l'object des feux de Clidamant ;
Mais ie la voy paroiftre, elle entretient fon frere,
Laiffons les en repos.

SCENE IV.

DIANE. THERSANDRE.

DIANE.

                    Voyons ce qu'il faut faire,
Car enfin elle t'ayme, & t'ayme infiniment,
Et ie t'en parle encor par fon commandement.

THERSANDRE.

Donne moy le confeil que tu veux que ie prenne.

DIANE.

Puifque la Nymphe t'ayme, il faut flatter fa peine,
Autrement mon efpoir fe voyant enleué,
Ie te perdrois encor apres t'auoir trouué ;
De la Nymphe irritée, il nous faudroit tout craindre

THERSANDRE.

Tout nous reüffira, puis qu'il ne faut que feindre.

DIANE.

Ifmene cependant s'informe fur le port,
Quand ce vaiffeau marchand fortira de fon bord,
Par tout où nous voudrons, il pourra nous conduire,
Empefchons iufques là la Nymphe de nous nuire;
Elle fe doit icy rendre dans vn moment,
La voicy, diffimule, & fais en bien l'amant,
C'eft de la feulement qu'il nous faut tout attendre.

SCENE V.

FELICIE. DIANE. THERSANDRE.

FELICIE.

Vn mot, Diane vn mot, vous, attendez Ther-
       fandre,
Et bien as-tu leué cét obftacle fafcheux,
Qui venoit s'oppofer à l'efpoir de mes feux?
As tu pour eftablir le repos de ma vie,
De l'efprit de ton frere effacé fa Celie?

DIANE.

Son cœur fuit, où l'appelle, & fa gloire, & ma voix,
Et fe laiffe flefchir à de fi douces loix.

FELICIE.

O! d'vne ardente amour merueilleufe interprete,
L'as-tu bien auerty de la tenir fecrette.

DIANE.

Ce poinct m'eft efchappé, mais i'y fatisferay,
Et mefme deuant vous ie l'en aduertiray.
Trouuez bon cependant pour vous monftrer fon
    zele
Que ie l'aille querir : feignez bien aupres d'elle,

THERSANDRE, *bas à Diane.*

Ie vais sans que son cœur en deuienne jaloux,
Ne parler à ses yeux que de vous, & qu'à vous.

*Puis il dit à Felicie, à costé de laquelle est
Diane qu'il regarde.*

Auez vous pû douter, & seroit il possible
Qu'à ma felicité mon cœur fût insensible,
Que mon sort est heureux, que l'orage m'est doux,
Qui me donne ce port dont les Roys sont jaloux,
Prés d'vn si rare object, & prés de tant de charmes,
Quel superbe vainqueur ne rendroit pas les armes,
Vn rocher insensible en seroit consommé,
Le marbre le plus froid en seroit allumé;
Oüy, Madame, vn bel œil oüure icy sa paupiere,
Ces lieux en sont desja tous remplis de lumiere,
Il est iour, & ce n'est qu'au Soleil de ses yeux
Que les feux de la nuit ont passy dans les Cieux.
Ie confesseray donc, Madame, que ie l'ayme,
Ie vis en cet object beaucoup plus qu'en moy-
   mesme,
Et d'vn heur sans pareil mon esprit est charmé,
Quand ie pense que i'ayme, & que ie suis aymé.

FELICIE.

Ne seins tu point d'aymer, viens me le dire encore.

THERSANDRE.

O Dieux! que dites vous? i'ayme, ou plutost i'a-
dore.

FELICIE.
Et ta Celie enfin qui regnoit sur ton cœur.

THERSANDRE.

I'ay mis ses interests dans les mains de ma sœur,
Elle m'a bien promis d'accorder ma querelle,
Et pour tout dire enfin elle me respond d'elle.

FELICIE.

Tu m'as vanté ses yeux l'object de ton amour,
Ils cherissent pour toy la lumiere du jour,
Et voudroient se couurir d'vne nuit éternelle,
S'ils cessoient de te voir, ou viuant, ou fidelle:
Pense bien de ta part à ce que tu promets,
Sois ferme, sois constant, & n'y manque iamais,
Ne considere point cette grandeur suprême,
Sois tout à ton object, ayme-le pour luy mesme,
Et sans t'interesser pour ton ambition,
Flatte toy de l'honneur de sa possession,
Voy seulement s'il t'ayme, & non pas s'il te donne,
La beauté que tu sers doit estre ta couronne,
Et tu ne dois iamais hors de ces deux liens
Chercher d'autres grandeurs, ny trouuer d'autres
   biens.

THERSANDRE.

I'auray ces sentimens, n'en doutez point, Madame,
Et iamais les grandeurs n'aueugleront mon ame,
De ce lasche interest ie purge mon amour,
Et brusle d'vn feu pur comme l'astre du iour.

DIANE, à *Felicie.*

De ce que i'oubliois i'auertiray mon frere;
Si tu sçais bien aymer, sçache de plus te taire,
Comme les autres Dieux l'amour a ses secrets,
Souuent pour le seruir il veut des cœurs muets:
Garde toy d'irriter sa ialouse puissance,
Adore à ses Autels, mais adore en silence,
Le silence fait part de sa Religion,
Et souuent ce Dieu fier s'offense de son nom.
Tu perds tout si dans l'Isle on en sçait quelque
   chose,
Ayme sans en parler, c'est la loy qu'on t'impose,
On t'aymera de mesme, vse bien du secret,
Autrement Felicie en mourroit de regret,
On connoist bien l'excez de l'amour qui te touche,
Mais pour ton interest mets le sçeau sur ta bouche.

FELICIE.

Oüy, prens garde en effet qu'on s'en puisse douter,
Ie veux prendre mon temps pour le faire esclatter,
Ie fonge à ton repos qui le fait de ma vie,
Cét aueu maintenant feroit naistre l'enuie,
Et pour te disputer ce que ie t'ay promis,
De nos plus grans Heros feroit tes ennemis;
Iuge donc de quel prix est ton obeïssance,
Puisque tout ton bon heur, dépend de ton silence.

THERSANDRE.

Les Dieux m'auroient puny d'vn grand aueuglement,
Si ie n'obeïssois à ce commandement;
I'obeïray si bien, Madame, que vous mesme
Douterez, ou si i'ayme, ou si c'est vous que i'ayme.

FELICIE.

Cependant de ta sœur ie feray mon secours,
Elle mesnagera nos communes amours;
Croy ce qu'elle dira, puisque ie la veux faire,
Des secrets de mon cœur seule depositaire.

THERSANDRE.

I'en vseray de mesme.

PHILINTE, *à Felicie*.
              Vn Marchand de Bijoux
Qui vient touffours aux jeux, voudroit parler à
vous.

FELICIE.

Que l'on le face entrer : ce Marchand de Seuille,
Pour védre & trafiquer tous les ans vient dans L'Isle.

SCENE VI.

FELICIE. FABRICE. THERSANDRE.
DIANE. PHILINTE.
FELICIE.

SErez vous bien long-temps encore à nostre bord,

FABRICE.

Ie n'attens pour sortir que vostre passe-port.
Mais tous les ans, Madame, en vsant de la sorte
Ie ne remporte rien de tout ce que i'apporte;
Vous vuidez ma cassette, & ie viens vous monstrer
Ce qu'ailleurs qu'en mes mains, on ne peut ren-
　　contrer.

FELICIE.

Voyons.

FABRICE.

Ce diamant iette beaucoup de flamme.

FELICIE.

Ie le trouue fort beau.

FABRICE.

Vous plairoit il, Madame.

FELICIE.

Ie le diray tantost, voyons tout à la foix,
Puis ie verray sur quóy i'arresteray mon choix;
Monstrez moy ce corail.

FABRICE.

La piece en est fort belle,
Vostre Isle iusqu'icy n'en a point veu de telle.

FELICIE.

Et cette autre qu'est elle?

FABRICE.

Vn morceau d'ambre gris,
Madame, cette piece est rare, & de grand prix;
I'ay bien couru des mers pour en faire l'emplette,
Seulle elle vaut le prix de toute ma cassette.

DIANE.

Et moy ne puis-ie rien découurir de nouueau;

FABRICE, *à Diane*.

Bergere, ce filet de perles est fort beau,
Elle vous feroient voir plus belle, & plus brillante.

FELICIE.

Sans ces beautez de l'art elle est assez charmante,
Elle n'a pas besoin d'ornemens estrangers,
Elle feroit mourir icy tous nos Bergers :
Mais Diane apres tout, quoy que belle sans elles,
Ie vous les veux donner, si vous les trouuez belles,

DIANE.

Madame, vos bontez.

FELICIE.

Que l'on les mette à part.

FABRICE.

Mais, Madame, voyez chef d'œuure de l'art,
Ce portraict en petit du Roy d'Andalousie.

FELICIE.

Il est vn des mieux faits que ie vis de ma vie,
Et quel est celuy cy.

FABRICE.

C'est de son fauory,
De Nearque, autrefois du Prince Pichery,
Qui par vne beauté fatale par ses charmes,
Rendit à son riual, & la vie, & les armes,
Et par Cleagenor, enfin perdit le iour
Dans l'esclaircissement que leur fit leur amour.

THERSANDRE, *bas le premier Vers*.

Dois-je croire, bons Dieux ! à ce qu'il me remarque,
Estes vous bien certain de la mort de Nearque.

FABRICE.

Il reuint fort blessé comme chacun a sçeu,
Et mourut quatre iours apres s'estre battu.

FELICIE.

Sa valeur semble peinte encor en son visage.

FABRICE.

elu y qui le vainquit en eut bien dauantage ;
n voicy le portraict.

THERSANDRE.

Que monstre-il encor.

FELICIE.

Eſt-ce là ce vaillant, & ce Cleagenor.

FABRICE.

Oüy, voila ſon portraiĉt.

THERSANDRE, *bas.*

O ! rencontre funeſte.

FABRICE.

De tous ceux que i'auois c'eſt le ſeul qui me reſte,
Le Roy dans ſon courroux par tout m'en fit porter
Pour le faire connoiſtre, afin de l'arreſter,
Ayant pour deſrober ſa teſte à ſa pourſuitte,
Apres ce grand combat ſur l'heure pris la fuitte.

FELICIE.

Therſandre, iamais rien ne vous reſſembla tant,
Et voſtre ſœur ſans doute en dira tout autant.

THERSANDRE.

La nature par fois ſe ioüe en ſes ouurages,
Et peut faire à peu pres reſſembler deux viſages.

FELICIE.

Ie croy que ce marchand eſt de mon ſentiment.

FABRICE.

C'eſt la Cleagenor, Madame, aſſeurement,

THERSANDRE.

Sur la foy d'vn portraiĉt, la choſe eſt peu certain

FABRICE.

Oüy, vous l'eſtes, Môſieur, ie n'en ſuis plus en pein
Tout ce qui iuſqu'icy m'empeſchoit d'en iuger,
Eſt le nom de Therſandre, & l'habit de Berger.

THERSANDRE.

Quoy moy, Cleagenor ?

FABRICE.

Ces dernieres années
Ie vous ay veu, Monſieur, aux Iſles Fortunées,
Et depuis quatre mois encor en Portugal,
Seuille n'eſt il pas voſtre païs natal ?
Puiſque vous rencontrez icy voſtre aſſeurance,
Il ne faut plus couurir ces choſes du ſilence.

FELICIE.

Therſandre, il ne faut point rougir de cét aueu.

THERSANDRE.

Ie l'auoüeray , Madame, oüy ie rougis vn peu,
Non que mõ bras n'ait fait tout ce qu'il deuoit faire,
Neatque mon riual estoit trop temeraire,
De l'object qui faisoit mes plus chastes desirs
Il s'en formoit celuy de ses sales plaisirs;
Ie l'en fis repentir , & son trespas m'oblige.
La chose seulement qui me touche & m'afflige,
Et dont , i'ay dans le cœur , vn sensible regret,
Est de ne vous auoir rien dit de mon secret.

FELICIE.

I'en deuine la cause , & sçay vostre pensée,
Et ie voy bien quelle peur la tient embarrassée,
Et que d'vn autre nom vous n'auez fait le choix,
Que pour vous dérober à la peine des loix ;
Mais ne redoutez rien , quand pour vostre deffense
Il faudroit opposer puissance pour puissance,
Ce qui vous interesse à mon cœur est si cher ,
Que tout ce qui vous touche a droit de me toucher,
Ie feray vostre paix : Le Roy d'Andalousie
Cessera de troubler vne si belle vie,
Ou pour vostre interest , ainsi que pour le mien,
S'il trouble mon repos , ie troubleray le sien;
Oüy , si par son reffus il cause vos alarmes,
Nous en viendrõs pour vous de la priere aux armes.

THERSANDRE.

Que ne vous dois-je point pour toutes vos bontez.

FELICIE.

Mais acheuons de voir les autres raretez.

FABRICE.

Madame , de Diane admirez la peinture.

FELICIE.

Que dis-tu de Diane ?

DIANE , *bas.*

             O ! funeste auanture,

FABRICE.

C'est la Diuinité dont le Temple est icy.

DIANE , *bas.*

Ie cesse de trembler,

FELICIE.
                    Quel portraict est cecy.
            FABRICE.
Celuy d'vne beauté dont la grace immortelle
Fit armer deux amans qui soûpiroient pour elle;
De cette belle enfin dont ie vous ay parlé,
Pour qui Cleagenor, & Nearque ont bruflé,
Et qui de deux riuaux ardemment pourfuiuie,
Coufte la fuitte à l'vn, comme à l'autre la vie,
Quand Nearque fut mort i'achepté fes portraits,
Celuy-cy qu'il auoit fans doute est des mieux faits,
Mais quoy, Cleagenor peut mieux vous en inftruire.
    FELICIE, à Therfandre.
La reconnoiffez vous ?
            THERSANDRE.
                    Ie ne fçaurois qu'en dire.
            FELICIE.
I'y remarque beaucoup de l'air de voftre fœur.
            DIANE, bas.
O Dieux ! qui me voyez, detournez ce mal-heur.
            FELICIE.
Diane, le miroir qui reçoit ton image,
Reprefente bien moins ton air, & ton vifage,
Et quelqu'autre croiroit que le Peintre en effet,
Sur ta prefence mefme acheua ce portraict.
            FABRICE.
N'en doutez nullement, & par cette auanture
Admirez comme l'art imitte la nature ;
Oüy, c'eft-elle pour qui Nearque a foûpiré.

            THERSANDRE, bas.

Où fommes-nous ? ô Dieux ! tout eft defefperé.
            DIANE.
Tu me connois ?
            FABRICE.
                    Ie fuis de voftre mefme ville,
Meliffe eft voftre mere, & demeure à Seuille,
Quelle aura de plaifir d'apprendre à mon retour
Que Celie en ces lieux refpire encor le jour.
                    FELICIE

FELICIE.

Quoy ? Celie.

FABRICE.

Oüy, Celie, & c'est son nom, Madame.

DIANE.

Quel nuage d'erreur aueugle ainsi ton ame,
Celle que tu veux dire, & ta Celie enfin
Mourut auant Nearque.

FABRICE.

     Hà ! i'en sçay tout le fin,
Seuille est maintenant instruite du contraire,
Et cette fausse mort, ne m'est plus vn mystere ;
Ie sçay, quoy que chez vous, où on porta le deuil,
Qu'on fist en vostre place enterrer vn cercueil,
Et que de vostre mort cette apparente marque
Pût seule nous sauuer des desseins de Nearque ;
Vous vous mistes sur mer, le sçay-je bien encor,
Où vous ne soûpiriez que pour Cleagenor,
A vostre mere, à vous, la mer fut infidelle,
Que l'orage fut grand qui vous separa d'elle,
Sur vn aix eschappée elle chercha par tout,
Elle a veu l'Vniuers de l'vn à l'autre bout,
Et de retour enfin elle croit à Seuille,
Que vostre mort a fait sa recherche inutile.

DIANE.

Tu connois des secrets qui me sont inconnus.

FABRICE.

Pourquoy dissimuler, on ne les cele plus,
Et quelqu'vn de vos gens de ce secret complice,
D'vne telle imposture ayant donné l'indice,
Nearque n'estant plus, Melisse de retour,
N'a pas desauoüé cette adresse d'amour,
Et ce que i'en ay sçeu ie ne le tiens que d'elle.

THERSANDRE.

Tout ce que tu nous dis est chose fort nouuelle.

FABRICE.

Vous faites bien le fein, & le dissimulé,
Seroit-ce point de vous tantost qu'on m'a parlé,

Alors qu'on m'a prié pour sortir de cette Isle,
De mettre en mon vaisseau deux Bergers de Seuisse.

THERSANDRE.

Madame, ce Marchand compose des Romans,
Et vous vient d'inuenter tous ces euenemens.

FELICIE.

Son discours toutesfois n'est pas sans apparence,
I'y trouue de la suitte, & de la vray semblance,
Si ie m'en souuiens bien, vous mettiez de bon cœur
L'interest de Celie és mains de vostre sœur,
Elle vous promet bien d'accorder sa querelle,
Et pour dire en vn mot, elle vous répond d'elle :
Marchand vne auttefois vous reuiendrez icy.
Quoy tous deux hardiment vous me trompez ainsi,
Quoy tous deux sous des noms que forme l'impo-
　　sture,
Vous mesnagez vos feux, cachez vostre auanture,
Et dedans mon palais, dans ma cout, à mes yeux,
Sous ces noms supposez vous me joüez tous deux,
C'est donc là vostre sœur : Insolent, insolente
Vous sçaurez si pour vous ma haine est impuissante
Et vous esprouuerez.

THERSANDRE.

　　　　Hà, Madame,

FELICIE.

　　　　　　　　　Imposteur,
Va, tu me respondras des troubles de mon cœur,
Auec impunité iamais on ne m'affronte.
Vous serez l'vn & l'autre immolez à ma honte,
Et tous deux estonnez en me voyant agit,
Vous vous repentirez de m'auoir fait rougir,
Ostez vous de mes yeux.

THERSANDRE.

　　　　Quel mal-heur est le nostre.

FELICIE, *à Philinte*.

Dans chaque appartement separez l'vn & l'autre,
Qu'ils ne se parlent point : ô mal heur sans pareil !
Que feray je, & de qui dois je prendre conseil.

Eſcouteray-je encor, mon amour qui murmure,
Enfin dois-je ſouffrir, ou repouſſer l'injure.
Non, faiſons ſucceder à nos affections,
Dans vn cœur offenſé ces noires paſſions,
Ces fureurs, par qui t'ame en deſordre & troublée,
Rompt & briſe le joug dont elle eſt accablée,
Ne ſe propoſe rien qu'elle n'en vienne à bout,
Et pour plaire à ſa haine, oſe tout, & peut tout:
Oüy, perdons ſes ingrats, & par experience,
S'ils ont veu mes bontez qu'ils ſçachent ma puiſ-
    ſance,
Qu'ils ne ſe mocquent point de ma ſimplicité,
Et ne reprochent rien à ma credulité:
Quoy? perfide Therſandre, hà! ce nom de Ther-
    ſandre
Sçait combattre en mon cœur encor, & ſe deffendre;
Mes eſprits à ce nom, ſont encores flottans,
Mon courroux s'affoiblit, ma haine eſt en ſuſpens,
e ne ſuis pas d'accord de ce que ie demande,
Ce que ie veux le plus, c'eſt ce que i'apprehende;
    à! perfide, faut il pour me perſecuter
Que ie ſois pour te perdre en eſtat de douter.
Non, non, ny penſons plus, vn ſi ſenſible outrage,
    rme mon deſeſpoir, permet tout à ma rage,
    ſſayons ſi mon art me ſert fidelement,
Et puniſſons enfin, & l'amante, & l'amant,
Ce n'eſt pas mon deſſein que l'vn & l'autre e pire,
Mais ils vont endurer quelque choſe de pire,
Par l'effet de mon art, & d'eſtranges efforts,
Tous les iours ſans mourir, ils auront mille morts
Tous les iours, tour à tour, i'affligeray ſans ceſſe,
    t les yeux de l'amant, & ceux de la maiſtreſſe,
    t tous deux pour ſe faire eſgalement ſouffrir,
    e verront l'vn & l'autre, & reuiure, & mourir:
    ette peine eſt cruelle, & ce ſupplice eſtrange;
    ais c'eſt comme i'agis, & comme ie me vauge,
    llons executer ce que j'ay projetté,
    nous armons pour eux d'inſenſibilité.

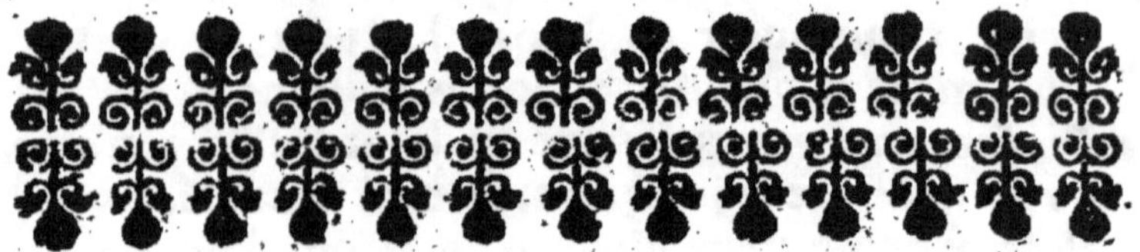

ACTE V.
SCENE I.

CLIDAMANT. PARTHENIE.

CLIDAMANT.

IAmais rien de pareil ne s'offrit à mes yeux,
Les cris de ces amans remplissent tous ces lieux,
A peine en ce moment, que ie les viens d'en-
　　tendre,
Ay-je peu reconnoistre, & Diane, & Thersandre,
La mort sur leur visage, errante tour à tour,
Ne les peut faire encor mourir à leur amour;
Mais. Madame, est il vray ce qu'icy l'on publie,
Que cét enchantement vienne de Felicie ?
Qu'à punir ces amans, son art ait reüssi,
Et qu'elle ait pris plaisir de se vanger ainsi.

PARTHENIE.

Oüy, cét enchantement sans doute est son ouurage,
Elle pourroit encore faire bien dauantage :
Son art luy permet tout, & le sort des humains
Au gré de ses souhaits, semble estre entre ses mains,
Que ne fait elle point quand elle est en colere,
Le mal-heutenx Thyrsis sçait ce qu'elle peut faire,
Pouuez vous ignorer ses peines, son soucy ?

CLIDAMANT.

Non, ie les sçay, Madame, & i'en suis esclaircy.

PARTHENIE.

Et bien vous sçauez donc qu'il aymoit Roselie,
Qu'il trompa de la Nymphe, & l'espoir, & l'enui

Qui me l'a iufqu'icy deftiné pour efpoux,
Et ne fçait pas les feux dont ie brufle pour vous.
A fes commandemens ce Berger fut rebelle,
Que ne fit elle point ; Rofelie eftoit belle,
Elle deuient malade, elle pleure, & fe plaint,
L'efclat de fes beaux yeux en vn moment s'efteint,
La blancheur de fes lys, au mefme temps s'efface,
Et de tant de beautez on ne voit que la place,
Son amant qui la vit à fes yeux enleuer,
Depuis ce temps la cherche, & ne la peut trouuer ;
Ce fut vn coup d'eſſay de fon apprentiſſage,
Mais celuy-cy fans doute eft bien vn autre ouurage.
Si pour mon intereft dans fon reffentiment,
Elle a fait de Thyrfis vn mal-heureux amant ;
Iugez iufqu'à quel point fenfible a fon offenfe,
Pour fon propre intereft peut aller fa vengeance.

CLIDAMANT.

Si la Nymphe connoift l'amour que i'ay pour vous,
Elle me traittera de mefme en fon courroux,
Et me faifant porter dans quelqu'Ifle effroyable,
Le refte de mes iours me rendra miferable ;
Mais dequoy que fon art fe ferue contre moy,
Sa haine qui peut tout, ne peut rien fur ma foy :
Pourrois-je me flatter de la mefme efperance,
Que vous euffiez auffi, pour moy-mefme conftance.

PARTHENIE.

Vous n'en fçauriez douter, oüy, ie fuis toute à vous,
Mon amour eft plus forte, & craint peu fon cour-
    roux,
Ie vous la garderay toufiours fincere & ferme,
Et conftante en mes feux, iufqu'à mon dernier
    terme,
Deut fa haine me perdre, & me priuer du iour,
L'on me verra mourir pluoft que mon amour.

CLIDAMANT.

Que ne vous dois-je point ?

SCENE II.

ISMENE. THIMANTE. PARTHENIE.
CLIDAMANT.

ISMENE.

Que venons nous d'apprendre,
Hà ! Madame, est il vray ce qu'on nous fait enten-
    dre,
Que Diane & Thersandre en ce mesme moment,
Par les effets du sort, & de l'enchantement,
Pour pleurer leurs mal heurs, qu'a fait naistre
    l'enuie,
Et perdent tour à tour, & recourrent la vie.

PARTHENIE.

Ismene, il est trop vray, c'est vn enchantement.

THIMANTE.

Si i'osois expliquer icy mon sentiment,
On impute à la Nymphe vne telle iniust'ce.

PARTHENIE.

Il n'en faut point douter, & ce cruel supplice
Marque par ces effets de son authorité,
Qu'on ne l'offense point auec impunité.

CLIDAMANT.

Quel que soit son pouuoir qui cause nostre crainte,
Allons tous de ce pas luy porter nostre plainte,
C'est vn mauuais moyen de se faire obeïr,
Pensant se faire craindre, elle se fait haïr.
Et ce secours fatal, qu'appelle sa vengeance.
N'establit que son crime, & non pas sa puissance ;
Mais ie la voy venir.

SCENE III.

**FELICIE. PHILINTE. CLIDAMANT.
PARTHENIE. THIMANTE.
ISMENE.**

FELICIE, *à Philinte.*

Quoy, ce coup te surprend ?

PHILINTE.

Madame, en verité leur supplice est trop grand,
Et dans l'Isle desia tout le monde en murmure.

FELICIE.

Qu'en dites vous, Bergers ? sçay-je vanger l'injure?

CLIDAMANT.

Oüy, Madame, & l'estat où vous les auez mis,
De tous leurs enuieux leur a fait des amis :
Oyez nostre priere, & leur rendez iustice,
Qu'ont ils fait apres tout digne de ce supplice,
Pour auoir de vos yeux destourné leur amour,
Pour auoir en parens vescu dans vostre Cour,
Trompé de leurs ialoux, & l'espoir, & l'enuie,
Conserué leur honneur, & peut-estre leur vie,
Est-ce vn crime si grand, qu'on le doiue punir
Par des enchantemens qui ne puissent finir ;
Faut il faire mourir, & renaistre sans cesse
Tout à tour, tous les iours, l'amant & la maistresse,
Et que par vn estrange, & trop indigne sort
Le viuant tour à tour, plaigne tousiours le mort.
Leurs pitoyables cris, & leurs clameurs farouches
Donnent à ces rochers des ames, & des bouches
Pour se plaindre auec moy, que ces tristes propos
Estonnent cét azile, & troublent son repos.

PARTHENIE.

Daignez aussi, Madame, escouter ma priere,
Espargnez de la foudre, & de vostre cholere

Ce séjour où les Dieux versent à plaines mains
Tant de felicitez en faueur des humains,
Et ne commancez pas à troubler la franchise
De ces lieux bien heureux que le Ciel fauorise,
Pour plaire à ces Bergers, dont les veux incertains
Voudroient vn autre azile, ou d'autres Souuerains.

THIMANTE.

Oüy, Madame, empeschez ce funeste murmure,
Assez & trop long-temps cét enchantement dure,
Rompez, rompez le charme, & sur l'heure donnez
Le calme à nos esprits qui sont tous eston·ez.

ISMENE.

Si dans la liberté, qui m'est trop ordinaire,
Ma bouche osoit icy parler sans vous déplaire,
Ie vous auertirois, que parmy ces dangers
Vous n'aurez plus icy Bergeres, ny Bergers,
On n'y cherchera plus de retraite & d'azyle,
Tous comme d'vn escueil sortiront de vostre Isle,
Et tous ces beaux païs, l'honneur de l'Vniuers,
Ne seront que rochers, Madame, & que deserts
Pour auoir des sujets, reglez mieux vostre haine,
Et sur vos passions soyez plus souueraine.

FELICIE.

Bergers, vostre discours m'estonne & me surprend,
De tout ce que ie fais mon art en est garand,
Ie pourrois entreprendre encore dauantage,
Et si ce que i'ay fait vous paroist vn outrage,
Auez vous pour vous plaindre, & pour en murmurer
Le droit de me reprendre, & de me censurer :
Quoy ? le Berger Thersandre, auec tant d'insolence
M'aura fait vne iniure, & choqué ma puissance,
Aura mis le deuoir, & le respect à bas,
Et pouuant le punir ie ne l'oseray pas,
Ne le presumez point, le sang de Zoroastre
N'est pas encore né sous vn si mauuais astre,
I'en sçay mieux l'influence, & ie sçay l'appliquer
A la perte de ceux qui m'osent attaquer :
Oüy, Bergers, ie connoy des herbes, des racines
Qui sont, selon mon choix, poisons, & medecines,

Et par qui quand ie veux , & quand ie l'ay prescrit,
Ie confons la memoire , & ie trouble l'esprit,
Mais i'en sçay bien vser , & n'en fais ma deffense
Que pour le chastiment de celuy qui m'offense ;
N'ay-je pas interest de maintenir ainsi
La dignité du rang que ie possede icy,
Ceux qui m'osent brauer sans doute se hazardent,
Mon sceptre est embrassé de serpens qui le gardent,
Dont le regard affreux deffend d'en approcher,
Et menace de mort ceux qui l'osent toucher.
Thyrsis en a senty la force non commune ,
Mais pourquoy resister luy mesme à sa fortune,
Et dans ses interests se connoistre si peu,
Que refuser l'honneur du nom de mon neveu ;
Ie le veux éleuer, & ie l'attens encore
Pour le faire accepter ce titre qui l'honore,
Et luy faire tirer ce fruit de mon courroux,
Que d'estre de ma niepce , & l'amant , & l'espoux ;
Vous changez de couleur , mais sçachez Parthenie
Qu'en vain vous me cachez vostre amoureuse enuie,
Vous aymez Clidamant, & ie n'ignore rien,
Ny de vostre dessein , ny de vostre entretien ;
Mais par ce que ie puis, apprenez l'vn , & l'autre,
Qu'il me faut obeïr , & qu'il y va du vostre,
Qu'il vous faut prendre garde à ne pas m'irriter,
Et que si l'on ne m'ayme , il me faut redouter.

PARTHENIE.

Madame.

FELICIE.

C'est assez , vous sçauez ma deffense.

CLIDAMANT, *bas.*

I'espere la flechir , mais gardons le silence.

THIMANTE.

Nous sçauons vostre rang , & le respectons tous,
Aussi nous n'employons que nos veux pres de vous,
Pour vous persuader , ce sont nos seules armes,
Soyez en donc touchée , & dissipez ces charmes,
Thersandre en son accez va marquer ces douleurs,
Vous allez escouter ses plaintes , & ses clameurs,

Son defefpoir, fes cris pour fa fidéle amante,
Voicy l'heure où l'accez l'agite, & le tourmente,
Sans doute en le voyant cét obiect de pitié
Fera dans voftre cœur renaiftre l'amitié,
Ses foûpirs efteindront toute voftre colere,
Et feront beaucoup plus que nous ne fçaurions faire,
Madame, le voila qui femble s'éueiller,
Vous en ferez touchée, efcoutez le parler.

SCENE IV.

**THERSANDRE. DIANE. FELICIE.
ISMENE. CLIDAMANT.
THIMANTE.**

THERSANDRE, *aupres du corps de Diane.*

POurquoy, pour ne point voir des obiects fi fu-
		nebres,
N'ay-je les yeux couuerts d'eternelles tenebres,
Hà! que i'ay de fujet de me plaindre du fort,
Que mon fommeil n'eft il, le fommeil de la mort,
Dans la nuit des tombeaux, i'éuiterois l'enuie,
Et ne me verrois pas mourir toute ma vie,
Ie ne ferois que cendre, & ce fpectacle affreux
N'auroit pas affligé, ny mon cœur, ny mes yeux.
Oüy, ma chere maiftreffe, autrefois mes delices,
Tu deuiens à mes yeux le plus grand des fupplices,
Et dans ce trifte eftat enfin où ie te voy,
Toy qui fus mon amour, n'és plus que mon effroy,
Ton corps n'eft plus qu'vn tronc dont l'afpect m'é-
		pouuante,
Ta tefte eft de ton fang encor toute fumante,
Les graces, les appas, n'y font plus leur féjour,
Ie voy la mort par tout, où ie voyois l'amour;
Quoy donc tu ne vis plus? & tu m'és enleuée
Dans le mefme moment que ie t'ay retrouuée.

Espoirs nez, & destruits d'vne immortelle amour,
Fantosme de bon-heur qui ne dure qu'vn iour,
Thresors si tost perdus, clartez si tost esteintes,
Grande joye, où si tost succedent tant de plaintes,
Pourquoy dans ce brillât dont vous flatiez mon feu,
Me promettiez vous tant pour me donner si peu :
Beaux yeux iadis vainqueurs, qui malgré mes prieres
Dans d'éternelles nuits esteignez vos lumieres,
Ne m'appellez vous pas au séjour du trespas,
Puis-je voir ce qu'icy Diane ne voit pas :
Non, non, à cét objet dont la douleur m'emporte,
Ie ne suis plus viuant, puisque Diane est morte,
Mon cœur se meut encor, mais ce dernier effort
N'est qu'vn reste de feu qui luit apres la mort,
N'est qu'vne exhalaison, vn vent, vne fumée,
Et derniere mourante, & derniere allumée.
Ie vais donc te rejoindre, objet de mon desir,
Te rendre ame pour ame, & soûpir pour soûpir,
La mort est mon secours, ie n'espere qu'en elle,
Ie te veux tesmoigner que ie te suis fidelle,
Et ne pouuant suruiure à ton funeste sort,
Que ie mets ton amant dans les bras de la mort.

CLIDAMANT.

Madame, vous voyez la grandeur de sa peine,
Vous voyez iusques où l'a reduit vostre haine,
Et sans proportion du crime au chastiment,
Iusqu'où va le pouuoir de vostre enchantement ;
Ces bois en sont touchez, & ces rochers sensibles
Perdent la dureté qui les rend impassibles,
L'écho mesme s'en plaint, & vous seule aujourd'huy
Serez vous sans tendresse, & sans pitié pour luy.

FELICIE.

Oüy, sans pitié pour luy : Ie me veux satisfaire
Puis qu'il a pris tousiours plaisir à me déplaire,
Par vn iuste retour afin de me vanger,
Ie veux prendre tousiours plaisir à l'affliger.
Non, non, n'esperez pas que iamais ie me rende,
Ie suis trop outragée, & l'iniure est trop grande,

Sa douleur fait ma joye, & ie me plais à voir
Que ce fameux supplice establit mon pouuoir.
THIMANTE.
Pour pleurer son amant, & sur l'heure le suiure,
Par l'effet de vostre art, Diane va reuiure,
En voicy le spectacle, escoutez sa douleur,
Ouurez à cét object vos yeux, & vostre cœur.

DIANE, *sur le corps de Thersandre.*

Q'oy donc mon cher amant, tu n'és plus que
        poussiete,
Ta bouche est sans parole, & tes yeux sans lumiere,
Mais malgré l'attentat, qui me fait soûpirer,
Ie possede le bien encor de te pleurer :
Coulez, coulez mes pleurs, que mon espoir reclame,
Versez à cét object des torrens tous de flamme,
Il n'est rien de si froid dans le sein des tombeaux,
Que ne puisse eschauffer le feu de ces ruisseaux :
Oüy, par mes pleurs enfin, par mes cris, par mes
        plaintes,
Ie vous rallumeray cheres cendres esteintes,
Ie veux vous faire viure, & dans mon desplaisir,
A force de soûpirs vous former vn soûpir.
THIMANTE.
Madame, à cét object n'estes vous point esmuë,
Et pouuez vous sans peine, en soustenir la veuë
DIANE.
Amour ne sçaurois-tu respondre à mes souhaits,
C'est vn miracle amour, & n'en fis tu iamais,
N'és-tu plus dans le monde vne source de vie,
Ne sçaurois-tu la rendre à qui l'on l'a rauie,
Des portes du trespas qui le rappellera,
Et si tu ne le peux, qui des Dieux le pourra :
Mon cher Cleagenor, responds moy ie te prie,
Par mes tendres soûpirs, par le nom de Celie ;
Quoy ? ie puis prononcer, & ton nom, & le mien,
Et toutesfois, ô Dieux ! tu ne me respons rien,
Ie voy toussiours fermez, & tes yeux, & ta bouche :
Il est mort, & ces noms n'ont plus rien qui le touche,
Amour

Amour qui dans ce poinct n'as pû me secourir,
Si tu ne le fais viure au moins fais moy mourir ;
Oüy, mon fidelle amant, ie ne puis te suruiure,
Et ie sens qu'à la mort mon desespoir me liure,
Mon cœur pour m'animer desormais sans pouuoir,
A perdu les esprits qui le faisoient mouuoir ;
Ie n'en puis desia plus, heureuse ta Delie,
Si son trespas pouuoit te redonner la vie,
Si ton sommeil icy finissoit par le mien ;
Et si de tout mon sang ie reparois le tien,
C'en est fait, mon amour va rejoindre ta flamme,
Et i'expire sur toy le reste de mon ame.

CLIDAMANT.

Et bien ce triste object touche-il vostre cœur,
Estes vous insensible encor à sa douleur?
Permettez qu'vne fois la pitié vous desarme,
Ils ont assez souffert, Nymphe, rompez le charme.

FELICIE.

Oüy, ie me sens touchée, & ie plains en effet,
Par leur temerité le mal qu'ils se sont fait ;
Mais quoy que leur douleur appaise ma colere,
Le charme que i'ay fait, ie ne le puis deffaire,
Et pour vous dire tout, Bergers, il est si fort,
Qu'vne diuinité seule en rompra le sort,
C'en est le pacte expres pour durer dauantage,
Et ie n'y puis plus rien, quoy qu'il soit mon ouurage.

THIMANTE.

Quoy vous n'y pouuez rien? ô Dieux que dites vous!
Non, non, vous n'auez point quitté vostre courroux,
Vous les voulez punir, & vengeant vostre iniure
En faire aux yeux de tous vn spectacle qui dure,
Et pour mieux vous purger de cette cruauté
Vous releuez le sort d'vne diuinité :
Mais les Dieux en effet, appaisez par nos larmes,
Malgré vostre entreprise, arresteront vos charmes,
Oüy, Madame, les Dieux condamnent vostre effort,
Ils sont les souuerains, & les maistres du sort,
Nous esperons tout d'eux, & qu'icy dauantage
Ils ne souffriront point le crime, & son ouurage.

H.

Deeſſe qu'en ces lieux adorent les humains,
Qui tenez la fortune, & le ſort en vôs mains,
Qui puniſſez le crime, & dont les ſoins conſeruent
Dans ce charmant ſéjour les Bergers qui vous ſer-
    uent,
Voyez le triſte eſtat où l'amour a reduit
Deux malheureux amans que la Nymphe pourſuit,
Et renuerſant ſon ſort, rendez à cét Empire
La liberté d'aymer, & celle de le dire.

PARTHENIE.

Hà! quel ſubit eſclair me vient frapper les yeux,
Et quel coup de tonnerre eſclatte dans ces lieux.

ISMENE.

De quel nuage épaix le Ciel enfin ſe couure.

FELICIE.

Ie croy que le Ciel tremble, & que ſa voute s'ouure,
La Deeſſe deſſend, il n'en faut point douter,
Elle nous a fait ſigne, il la faut eſcouter.

SCENE V.

DIANE DEESSE.

Vos vœux ſont exaucez, que rien ne vous
    alarme,
Celie & ſon amant s'aymeront à jamais,
Leurs trauaux ſont finis, & i'ay rompu le
charm,
Sans qu'aucun accident les trouble deſormais.

Ils vous ont fait pitié, qu'ils vous facent enuie,
Regardez s'il eſt rien d'eſgal à leur amour.

THERSANDRE, à Diane.

Par quel enchantement t'a on rendu la vie?

DIANE.

Par quel enchantement peux-tu reuoir le iour?

La Déesse continuë.

Ie veux recompenser leurs vertus sans exemple,
Par le prix attendu de leur affection,
Pour faire leur hymen, ie vais ouurir mon Temple,
Et vous asseure tous de ma protection.

Ie veux qu'en mesme temps par le nœud d'hymenée,
Dont rien n'interrompra le plaisir, ny le cours
Du Berger Clidamant l'amour soit couronnée,
Et qu'auec Parthenie il acheue ses jours.

Que deformais dans l'Isle il commande auec elle,
C'est d'eux que pour regner ma iustice a fait choix,
Ie deplace la Nymphe, elle est trop criminelle,
Et vous dispense tous d'obeïr à ses loix.

Ie rendray de son art la puissance inutile,
De crainte, & de danger i'exempteray ces lieux,
Et ie veux qu'en mon Temple elle trouue vn azile,
Pour se mettre à couuert de la foudre des Dieux.

Son sexe assez long-temps a regy la prouince,
Ie veux changer la loy de son gouuernement,
Et la voir deformais sous le pouuoir d'vn Prince,
Qui soit de pere en fils du sang de Clidamant.

FELICIE, voyant la Déesse remonter.

Oüy, Deesse, en effet vous me faites iustice
En approuuãt mon crime on s'en rendroit complice,
Et les Dieux souuerains, & les maistres du sort
Sans vous l'auroient puny par l'arrest de ma mort,
Ie vais dans vostre Temple employer d'autres char-
    mes,
Reparer s'il se peut mes crimes par mes larmes,
Le reste de mes iours prier les immortels,
Et desarmer ainsi les Dieux à vos Autels :
Mais afin qu'en tout point sa loy soit accomplie,
Et bien Cleagenor aymez vostre Celie,

THERSANDRE.

Que ie suis redeuable à vos rares bontez,

FELICIE.

Possedez Clidamant ce que vous meritez,
Acceptez Parthenie, auecques la Couronne,
Et succedez au rang que ie vous abandonne,

CLIDAMANT.

Vous commandez encor, & gardez vostre rang,
Quand le droit de regner se donne à voltre sang.
Et de tous mes respects ie vous seray connoistre,
Que c'est sous voltre nom que ie seray le maistre.

PARTHENIE.

Quoy que la main du Ciel me choisisse vn espoux,
Puisque vous l'accordez, ie le tiendray de vous,
Et ne veux en ces lieux d'honneur ny de puissance,
Que pour vous tesmoigner plus de reconnoissance.

THIMANTE.

Ismene, il faut aussi que ie sois ton espoux.

ISMENE.

Oüy bien, si la Deesse auoit parlé de nous,
Remettons nostre hymen, ie ne sçaurois me rendre,
Tant qu'elle prenne encor la peine de descendre.

CLIDAMANT.

Ie commande en ces lieux, Ismene, & ie le veux.

ISMENE.

Puisque vous le voulez i'accepte donc ses veux,
Et si Philinte aussi n'a plus de jalousie,
Il faut qu'auecques luy ie me reconcilie.

PHILINTE.

Et bien i'en suis d'accord, demeurons bons amis.

CLIDAMANT.

Nous serons tous heureux, le Ciel nous l'a promis,
Allons tous dans le Temple, acheuons la iournée,
Faisons les doux liens de ce triple hymenée,
Et desormais sans crainte en ce iour glorieux,
Allons de ce bon-heur rendre graces aux Dieux.

FIN.

www.ingramcontent.com/pod-product-compliance
Lightning Source LLC
Chambersburg PA
CBHW061353060726

47597CB00003B/846